目が覚めたら投獄された悪女だった
Me ga sametara Tougoku sareta Akujo datta.
2
皐月めい mei satsuki
ill. いもいち Imoichi
TOブックス

第一章

第二章

第三章

第四章

s t n e

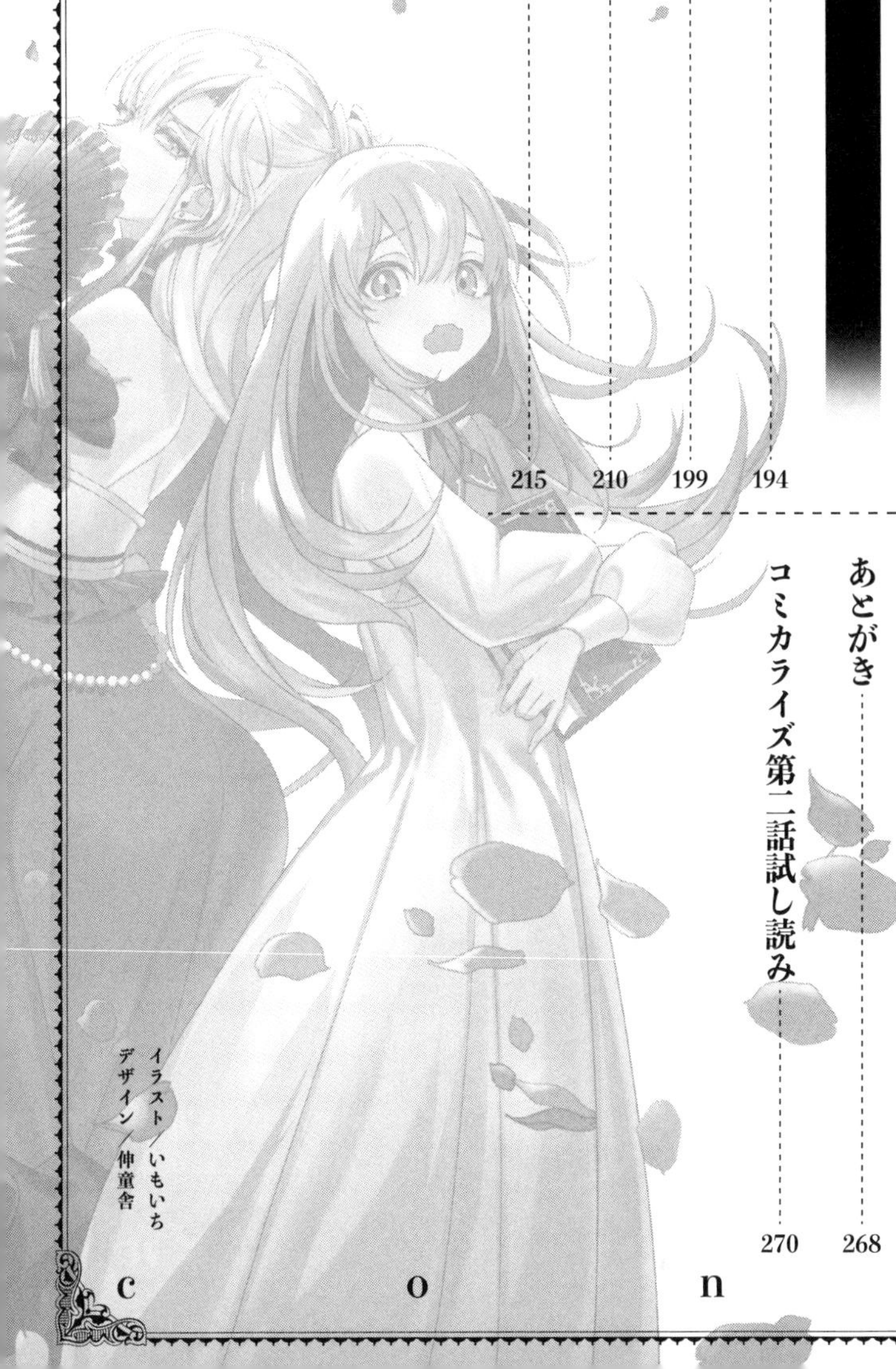

イラスト／いもいち
デザイン／伸童舎

c o n t

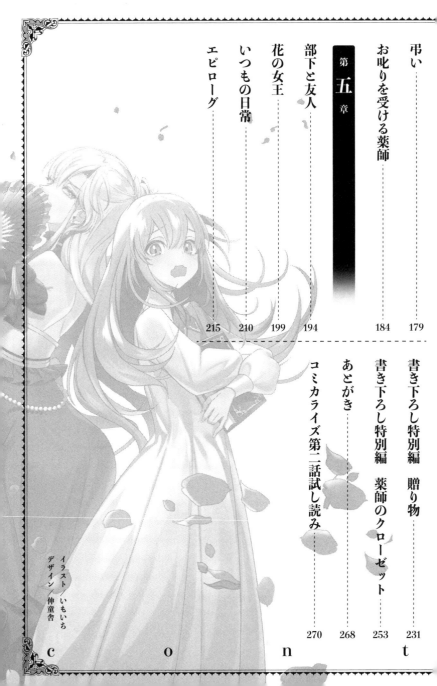

ソフィア・オルコット

心優しき薬師。

実家で義母たちに虐げられながら薬作りに没頭する引き籠りだったが、ヴァイオレットと入れ替わったことで投獄生活を余儀なくされた。

現在は王宮薬師として働いている。

ヴァイオレット・エルフォード

稀代の悪女と名高い公爵令嬢。

聡明で気高く、誰よりも美しくて誰よりも性根が腐っていると噂されている。魔術に長けており、入れ替わりの魔術を考案した。

ヨハネス・デ・グロースヒンメル

王太子殿下。クロードの主であり、ヴァイオレットの従兄。

兄妹同然に育ったヴァイオレットから今も雑な扱いを受けている。

クロード・ブラッドリー

王太子直属の第一騎士団・騎士団長。

投獄生活中はヴァイオレットの監視役も担っていた。

密かにソフィアに想いを寄せている。

人物紹介

第一章

完璧な悪女と未熟な薬師

エルフォード公爵邸の中で存在を許されるのは、超一流のものだけなのだそうだ。

「背筋」

超一流のものしか存在を許されないこの空間に、美しく、しかし威圧感のある声が響く。

「目線は上。顎を引きなさい」

「はっ……はい……！」

頭の上に乗せた数冊の本を、決して落とさないようにぷるぷると震えながら背筋を伸ばす。

一瞬ぐらりとはしたものの、なんとか取り落とさずに済む。安堵したその瞬間、一瞬のゆるみもない容赦のない声が響いた。

「そのまま歩きなさい。かかとに重心を乗せて、つま先を外側に向けるのよ」

「……!?」

ただ立つだけでこんなにもギリギリだというのに無理がある。

しかし私に拒否権などがあるはずもない。

意を決して足を踏み出し――その瞬間、頭の上の本がずるりと滑った。

「わわわわ……!!」

咄嗟に床に滑り込み、すんでのところでその本たちをなんとかキャッチする。

傷や折れ目がついていないことを確認してほっと安堵の息を吐くと、冷ややかな声が聞こえた。

「三流にも程遠いわね」

「うっ……」

私を見下ろすヴァイオレットさまの目は『野良犬の方がまともな芸をする』とでも言いたげだ。

その眼差しに今日十度目の心が折れる音を聞きながら、私は本をしっかりと抱えて立ち上がり、目を逸らしながらごにょごにょと訴えた。

「し、しかしこのような貴重な薬術の本を、頭の上に乗せて歩くのは些《いささ》か恐れ多すぎて……」

今私がしっかり握りしめているこの本は、先日ヴァイオレットさまが手に入れたという遠い東の国の薬術書で、王宮薬師《くすし》でもなかなか手にすることのできないとても希少な本だった。

薬師にとっては国宝級の書物を頭に乗せて歩くだなんて。切実に読みたいし、落として破れでもしたらどうしようかとハラハラする。

せめて乗せるものを、他のものに替えていただけないだろうか。

そう願いを込めて、ヴァイオレットさまに目を向けると。

「幼児以上の教養さえないお前に、落としても大丈夫という甘えは許されなくてよ」

冷ややかな眼差しで一刀両断されてしまった。

「まったくお前は。歩行、会話、貴族としての知識、どれ一つとしてまともにこなせるものがないではないの。予想をはるかに下回るひどい出来だわ」

そう言う美しい紫色の双眸が、私を鋭く射竦《いすく》める。

「まがりなりにも貴族ともあろう者が嘆かわしい。この私が直々に、お前に淑女教育を施してあげることに感謝なさい」

「うっ……ありがとうございます……」

恐ろしさに涙を呑みながら、お礼を言う。

そう。私は今、ヴァイオレットさまに淑女教育をしていただいている。

お母さまが亡くなってからというもの、長年薬作りにだけ精を出してきた私には、恥ずかしながら貴族としてのマナーがごくごく僅かにしか身についていない。

それに気付いたヴァイオレットさまが「あまりにも見苦しい」と、こうして教育係を買って出てくださったのだ。

ありがたいことだ。しかし同時に、けれど、と思う。

実家が没落寸前である私が、今後貴族として振る舞う機会はないのではないだろうか、と。

しかしとてもじゃないけれど、そんなことが私に言えるわけもない。

ちらりと、目の前の美しい人に目を向ける。

ヴァイオレット・エルフォードさま。

ひとたび目が合うだけで、思わず平伏したくなってしまうほどの威厳に満ちたこの方は、当代きっての悪女だ。

国内で一、二を争う大貴族、エルフォード公爵家の一人娘であり、今まで誰も想像さえしていなかった入れ替わりの魔術を生み出した、稀代の魔術師でもある。

つまり権力も魔術も、とんでもなく規格外なお方なのだ。

彼女の傍若無人ぶりは、元引きこもりの私にもよくわかる。

なんせつい三か月前。ヴァイオレットさまは、とある目的のために投獄されたご自分と私との体を入れ替えた。

事前のご説明のない完全な不意打ちだったので、目が覚めたら投獄中の悪女になっていた私は、それはもう驚いたものだった。

とはいえ牢の中は三食おやつ付き、薬が作り放題という破格の待遇。

対するオルコット伯爵家では食べるのに勇気が必要なタイプの食事が多く、牢の中よりもよっぽど牢獄らしかった。

そんな私と入れ替わってしまったヴァイオレットさま。

普通の悪女ならば確実に、『ぎゃふん、失敗』となる流れだと思う。

しかし稀代の悪女という呼び名は伊達ではない。

ヴァイオレットさまは私だと思い込んで失礼を働いたオルコット伯爵家の人々に、暴言や脅迫やその他諸々の手段を使い、傅《かしず》かせることに成功した。

そしてその結果、現在オルコット伯爵家は没落まであと僅か、という秒読み態勢に入っている。

なんでもヴァイオレットさまの信念は『受けた仕打ちは必ず返す』なのだそうだ。私の生家であるオルコット伯爵家以外にも、没落をさせた家があると聞く。

恐ろしい方だ。失言には、ゆめゆめ気を付けなければならない。

そのためヴァイオレットさまの逆鱗に触れる前に、なんとしても迅速に一人前の淑女にならなければと思うけれど、現在私の淑女レベルは幼児未満。先が長い。

「最近の幼児、すごすぎます……」

嘆き交じりの感嘆の息を吐く。

いくら私のレベルが低すぎるとはいっても、幼児なんて生きているだけで偉いというのに、頑張りすぎではないだろうか。

「貴族に生まれた者ならば、このくらいは当然でしょう？」

しかし私の言葉に、ヴァイオレットさまがさらりと生ごみを見るような目を見せた。

「今日お前に教えたようなことは、私は三歳の時にはすべてできていたわ」

「三歳……！」

思ったよりも幼児だったことに愕然とし、思わずヴァイオレットさまをまじまじと見る。

「……教師役の方も、さぞかしすごいお方だったのでしょうね……。どんな方だったのですか？」

三歳児といえども、ヴァイオレットさまを指導できる強者《つわもの》な方。

やはり胆力のある方なのかしらと私が質問をすると、ヴァイオレットさまが一瞬沈黙をして。

どうしたのかしら、と不思議に思った次の瞬間。

「教師の力量が全てではないでしょうに」

びっくりするほど冷たい瞳で微笑まれ、私は「ひっ」と声を出した。

「素晴らしい教師に教えられた生徒が素晴らしい結果を残すのなら、お前は私の次に立派な淑女になってなければおかしいでしょう？　それとも私が教師役では不服という意味なのかしら」

「……！　いえっ、そういった意味ではなく！」

予想外の超解釈にあたふたと弁解をするも、ヴァイオレットさまは「ではどういう意味なの？」と冷ややかだ。まさか『ヴァイオレットさまを教えるのは教師の方もかなり怖かっただろうなあと思いまして』と言うわけにもいかない。完全に詰んでいる。

もはや私もこれまでだろうかと震えていると、じろりと私を見ていたヴァイオレットさまが急に何かを思いついたような表情をして、すぐに微笑んだ。

「……まあ、仕方ないことよね」

「えっ？」

「今まで野良犬同然の生活を送っていたのですもの。人間としての振る舞いが身に付くまでに時間がかかるのは、仕方のないことだわ」

なんだか不穏な気配のする優しさと微笑みを纏いながら、ヴァイオレットさまは「体で覚えればいいのよね」と艶《あで》やかに目を細めた。

なんだか、少し嫌な予感がする。

「お前が私のように振る舞えるよう、おまじないをしてあげる」

ヴァイオレットさまが、私の額にそっと指で触れる。

触れられた部分がほんのりと熱くなり、体が勝手に軽やかに動き始めた。

「ええっ、ちょっ、これはっ……⁉」

何がなんだかよくわからず、仰天する。

先ほどまでは背筋を伸ばすことで精一杯だった私の体が、手に持っていた本を頭に乗せて、優雅に歩き、礼を執っている。

端的に言って、とても怖い。

「こっ、ここっ、怖い！　怖いです！　ヴァイオレットさま、一体これは……⁉」

「あら、思ったよりもうまくいったわね」

仰天する私の言葉が聞こえていないかのように、ヴァイオレットさまがご自身の口元に指を当て、興味深そうな顔をする。

「肉体操作。今考えついたばかりのお試しの魔術にしては、大きな問題点はなさそうだわ」

「今考えついた⁉」

思いつきで人を実験体に……⁉

勝手に動く手足に翻弄されながら、つい人間性を疑う気持ちでヴァイオレットさまを凝視する。

そんな私の思考が滲み出てしまったのか、ヴァイオレットさまが子猫のように目を細めて、小首を傾げた。

「何か文句でもあって？」

「！　な、ないです……ひゃっ！」

自由になれない体で、つい慌てて両手を振ろうとすると。

その瞬間にふっと体が自由になり――バランスを崩した私の体は、後ろに向かって倒れていった。

咄嗟に目を瞑って衝撃に身構えると、次の瞬間私の後頭部にぼすん、と何か分厚いものがぶつかった。

同時に私の左肩が誰かの大きな手で支えられ、頭上から低い声が降ってきた。

「――何をしている。ヴァイオレット」

振り返って見上げると、そこには盛大に顔を顰《しか》めているクロードさまがいた。

「クロードさま」

驚いて名前を呼ぶと、クロードさまは私に目をおとし、気遣わしげに眉を寄せて「大丈夫か」と言った。

どうやら転びかけた私を助けてくれたらしい。私を助けながら本も守ってくださったようで、クロードさまの右手には、私の頭に乗っていた本が燦然《さんぜん》と輝いている。

「ありがとうございます、本まで……！　あっ、でも、勢いよくぶつかってしまってクロードさまは……」

「大丈夫だ。君を受け止めたくらいでは怪我はしない」

そうクロードさまが優しく苦笑しながら、手にした本を私に差し出す。

「久しぶりだな」

「！　はい！　お久しぶりです」

はにかむように笑うクロードさまを見て、本を受け取る私の頬も勝手にゆるんだ。

クロードさまの言う通り、こうしてお顔を合わせるのは本当に久しぶりだった。

三か月前までは塔の中で毎日顔を合わせていたというのに、お忙しいクロードさまと、研究所にこもりきりの私とではなかなか都合がつかない。

それが、まさかこの公爵邸でお会いするなんて。

クロードさまも、ヴァイオレットさまにご用があってきたのかしら。そんなことを思った瞬間、ヴァイオレットさまが口を開いた。

「嫌だわ、クロード。何をしている、だなんて白々しい」

そんなことを言いつつも、ヴァイオレットさまはいたぶる獲物を見つけた猫のように、目を弧にする。

「お前にはソフィアに淑女教育を施してあげるのだと教えてあげたではないの。だというのにわざわざやってくるなんて、石頭のくせに物忘れまで激しいのか、それとも単純に邪魔をしにきたのか――どちらにせよ、困ったものだわ」

「見てわかるはずだと思うが」

クロードさまの地を這うような低い声を無視し、ヴァイオレットさまは「ねえソフィア」と私の方に目を向けた。

「友人は選んだ方が良いわ。お前の生涯の友とするには、クロードは間違いなく不適格ではなくて？」

「えっ⁉　まさか、とんでもありません！」

全力で首を振りながら、大きな声で宣言する。

「クロードさまは優しい方です！　今後末長く、できれば一生友人でいていただきたいと、私の方からお願いしたいほどで……！」

「…………」

沈黙するクロードさまと、笑いを堪えている様子のヴァイオレットさまとの間に、不穏な空気が漂い始める。

もしかして私は、また気付かないうちに失言したのだろうかと困惑していると、小さなため息と共に、よく通る低い声が響いた。

「底意地の悪いことは止《よ》せ、ヴァイオレット」

見るとクロードさまのすぐ後ろに、国王となったヨハネス陛下が、呆れた顔で立っていた。

なんと。陛下がいたことに、今まで全く気付かなかった。

「へ、陛下……！」

慌てて礼を執ろうとする私に「そのままでいい」と手をあげて、ヴァイオレットさまに目を向ける。

「私がいるのだから、クロードは伴として来ただけだと察しているだろう？」

「まさか。存在感が薄すぎて、今の今までお前が来ていたことに気づかなかったわ」

「最初に目が合ったよな？　それに仮にも国王がここにいて気付かないわけが……オルコット伯爵令嬢？」

「はっ、はい！」

気まずさにそっと視線を逸らした瞬間、名前を呼ばれて背筋を伸ばす。

そんな私に一瞬なんとも言えない微妙な眼差しを向け、陛下が「すまないが」と口を開いた。

「今日、私はヴァイオレットに話があってきたんだ。そろそろ終わる時間のようだし、今日はこれで終《しま》いにしてもらえるだろうか」

「わ、私は大丈夫ですが……」

ヴァイオレットさまの前で不用意なことを言うわけにはいかない。そう思ってヴァイオレットさまに目線を向けると、つまらなそうな表情はしているものの、意外にも小さく頷いた。

「ではクロード。オルコット伯爵令嬢を、無事に家まで送り届けるように」

「かしこまりました」

陛下の言葉にクロードさまが頷き、「行こう。馬車を待たせている」と私に声をかけた。

「頼んだ。それではまたな、オルコット伯爵令嬢」

「はっ、はい、失礼致します」

慌てて礼をし、それからヴァイオレットさまにも、先ほど教えていただいた通りに一礼をした。

「ヴァイオレットさま、今日はありがとうございました。それでは、また」

「次までに、少しは今日教えたことを完璧になさい」

「がっ……頑張ります……」

少しはと完璧は、意味が違うのではないだろうか。

そう思いながらごにょごにょと尻すぼみな返事をし、もう一度丁寧に礼をする。

そしてクロードさまの後についていきながら、私はエルフォード公爵邸を後にした。

薬師と騎士の約束

「陛下の護衛は大丈夫ですか？」

エルフォード公爵邸から、寮へ帰る途中。

あらかじめ手配してくださっていたらしい馬車の中で、対面に座るクロードさまにそう尋ねると、彼は「ああ」と頷いた。

「元より俺は君を送るために来ていて、陛下を護衛する騎士は他にいる」

「私を送るためにですか？」

驚いてクロードさまを見ると、彼は頷きながら「君との約束に割り込む形になってしまったからな」と少し申し訳なさそうな顔で、説明を始めた。

「前々から、陛下はヴァイオレットに話があると王宮へ来るようにと言っていたんだが、エルフォード公爵を通して命じても手紙を送ってもすべて『向こう一年は都合が悪い』で来ず、ならばと陛下自らエルフォード公爵邸に行っても留守ばかりだ」

「そ……そうなんですか」

聞いている私の方が、動悸がする。

世界広しといえども、陛下にそんなことができるのはヴァイオレットさまだけだろう。

ヨハネス殿下が国王になった今も、ヴァイオレットさまは相変わらず堂々と不敬なことをしているらしい。きっと心臓には毛どころか、鉄の棘が生えているに違いないなあと、しみじみ思った。

「そこで、君が公爵邸を訪れる日なら間違いなく自宅にいるだろうと陛下は判断され、急遽訪れることになった。一応考慮して、これくらいなら終わっているだろう、という時間には向かったのだが……、せめて送りくらいはと申し出たんだ」

「そんな……お気遣い、ありがとうございます」

申し訳なさそうなクロードさまに、私は慌てて首を振った。

「むしろあのタイミングで来てくださったおかげで、本を落とさずにすんで助かりました」

「真っ先に助かったというものが本だとは」

私の言葉に、クロードさまがそう苦笑した。

「君は相変わらず、自分のことよりも薬作りに関するものが最優先なんだな。……ちゃんと寝ているか？」

「あっ……そう、ですね？　ま、まあまあばっちりと……」

絶対に嘘を見抜きそうな眼差しに、気まずくなった私は目を逸らしつつ、頷いた。

嘘ではなかった。基本的にはきちんと寝ている日が多い。

しかし夢中になりすぎると週に二日は徹夜をしてしまうので、本当だとも言いにくい。

そんな私にクロードさまが呆れ交じりの眼差しを向け、「睡眠は毎日しっかりとった方が良い」と諭すような口調で言った。ばっちりと見抜かれていて、面目がない。

「う……はい、気をつけます……」

「医者の不養生とはよく聞くが、君は些か不養生が過ぎる。食事は摂っているか？」

「あ、はい！　それはばっちりです！」

「先ほどのばっちりとはずいぶん違うな」

クロードさまが苦笑しつつ「そこは安心だが、本当にちゃんと寝るように」と念押しをした。

「しかしそんなに忙しい中で淑女教育とは大変だな。あの塔で過ごしている中で、君の……たとえば食事の時、食べ方が綺麗なものだと思ったが」

「！　あ……あの、食事の作法は母に教えてもらっていたので……」

淑女の才能はゼロながらも、それだけは自信がある。

褒められて照れながら、私は少し得意げに答えた。

「食事は食材に感謝をしていただくべきだと教えられて。他のことは追々《おいおい》と言われていたのですが、食事の作法だけは教えてもらっていたんです」

「……そうか」

私の言葉に、クロードさまが一瞬沈黙をし、優しく微笑んだ。

「良いお母上だな」

「はい！」

褒められて嬉しくなり、大きく頷く。

するとクロードさまが何か微笑ましい子どもを見るような目をこちらに向けるので、気恥ずかしくなった私は窓の外に目を向けた。

「しっ、しかしとはいえ私よりもクロードさまの方がお忙しいのではないですか？　最近、王宮に携わる方は大変お忙しいとお聞きしましたが」

王宮薬師へのお薬の受注も、眠気や疲れが取れるお薬が増えてきた。

ぜひともしっかり寝て食べていただきたいものだと、自分のことを棚に上げて思ってしまう。

「ああ……突如国王が代わったからな。秋に開かれる戴冠式が終わるまでは、多少バタバタと落ち着かないかもしれない」

そう言いながら、クロードさまが窓の外に目を向けた。

「ただ、今忙しいのは二週間後に開かれる花祭りに陛下も参加なさるからだ。三か月前にあんなことがあったばかりだから、警備や護衛も念入りに穴がないか検証しなければならない」

「花祭り？」

「ああ。大聖堂――ルターリア教の三大祭りの一つだ。はるか昔、神が信徒に永遠の命を授けたという伝説にあやかり、健康や長寿、繁栄を祈願する祭りなんだが……ほら、あちこちに花が飾られているだろう。神が祝福を授けた時、この国にはあらゆる花が降り注いだという言い伝えに由来している」

クロードさまの視線に促され窓の外を眺めると、確かに家やお店に、色とりどりの花が飾られていた。

自由に出かけられるようになった今も、薬師の研究所にこもりきりのことが多い私は、ふだんの王都の街並みに詳しくない。

なので『みんなお花を飾っているなあ。春だものね』としか思っていなかったのだけれど、お祭りのために飾られているらしい。

「花祭りでは少女の中から一人、花の女王が選ばれる。いつもは大聖堂の高位の神父が行うのだが、今回は選ばれた女王に、陛下自ら花冠を被せることになった」

「素敵ですね……！」

聞いただけで良い香りがするような、素敵な称号だ。

今までお祭りに行ったことがない私には想像がつかないのだけれど、きっと花の女王に選ばれるのはとても素敵な方なのだろう。

「一度見てみたいものです。大きなお祭りなんですか？」

「ああ。毎年すごい人出になる」

私の言葉に、クロードさまが頷いた。

「花がメインとなる祭りだからか、若い女性は皆染め粉で髪を、春の花によくあるような淡い紫や桃色に染め、服もその色に合わせるのだが。それを目的にして観光に来る人も多いらしい」

そう言いながらクロードさまが、何かを考えるような素振りで「それに」と言った。

「屋台や露店なども多い」

「屋台？」

首を傾げると、クロードさまは「歩道や広場に出る店のことで、主に食べ物や飲み物が売られていることが多い」と言った。

「食べ物や飲み物を……外で食べるのですか？」

「主に平民が楽しむお祭りだからな。ベンチに座って食べる者や、歩きながら食べる者もいる」

「！」

それは、できたてが食べられるということだろうか。

今日の淑女教育をぼろぼろで終えたばかりで、そして唯一褒められた食事マナーに反することに、こんなことを言ってはだめかもしれないけれど。

……楽しそうで、美味しそう。

クロードさまがちょっとだけ笑いながら口を開いた。

「色々なものがある。たとえば串焼き。これは文字通り、串に肉を刺して焼いたものだ。それから飴細工、綿菓子やクレープ。塩辛いものから甘いものまで、あらゆる食べ物が並んでいる」

それはもう、絶対に美味しい。

正直に言って名前だけではよくわからない食べ物もあるけれど、そもそもクロードさまが名前を出したというだけで、その食べ物は美味しいものだと決まっている。

是非とも一度、行ってみたいものだ。

しかし私のような鈍くさい人間が、人通りの多い場所に行ったりしたらどうなるだろうと、ちょっと不安になる。なんと言っても私は年季の入った引きこもり。帰り道がわからなくなったり、何かにつまずいて通行人の絨毯《じゅうたん》になる未来が見える気がする。

残念だけれど、来年にした方が良さそうだ。それまでに少しは人混みを歩く訓練をしてみよう。

そんなことを考えていると、クロードさまが躊躇《ため》うように口を開いて「……一緒に行くか？」と言った。

「え？」

「もちろん、当日は無理だが。本番に向けて、来週休みを取るように言われている。もうすでに花祭りに向けて、もう屋台や露店がある程度出てきている。もちろん当日ほどの活気はないが、逆にじっくり見れて良いような気もするし、雰囲気は楽しめるのでは――ああ、いや」

そこまで言ったクロードさまが、少し恥じ入るように苦笑した。

「初めてなら、当日に参加したいか。今の発言は――」

「――いえ、行きたいです！　クロードさまと！」

なかったことにされそうな空気を感じて、慌てて言った。

私の勢いに驚いたのかクロードさまが目を瞬かせ、「そ、そうか……」と目線を逸らした。

もしかして食い意地が張りすぎていると引かれただろうか。そう今の勢いをちょっと後悔していると、クロードさまが優しい顔で笑った。

「楽しみだな」

「……はい！　すごく」

クロードさまが楽しみと言ってくださったことに、ほっとする。

寮に着くまでの間、私はとても浮かれた気持ちで、お祭りの楽しみ方をクロードさまに教えていただいたのだった。

国王陛下と悪女のお茶会

あれはヨハネスが、十歳の時のことだった。


「ヨハネス。おまえはすこし、あますぎるのではなくて？」

王宮の、自室にて。

四歳のヴァイオレットが、完璧な仕草で紅茶を飲みながら、じろりとヨハネスに目を向ける。

公務に赴いた母を待つこの幼い従妹《いとこ》は、どうやらヨハネスにご立腹らしい。

「何が？」

「あのじじょのことよ」

首を傾げて尋ねると、ヴァイオレットはちらりとヨハネスの左手に目を向ける。

「いずれくんしゅとなるにんげんに、ちゃをかけるなどゆるされることではないわ」

どうやら憤慨のきっかけは、新人侍女の粗相のようだ。

粗相をして茶をこぼし、ヨハネスの手を濡らした彼女に「火傷はしていないためもういい」とさして咎めず、他の慌てる侍女達と共に下がらせたことが気に食わなかったようだ。

「それを言うなら、ヴァイオレット。前から思ってはいたけれど、君主になるべき人間をお前と呼ぶのも許されないことなんだよ」

ヨハネスがやや呆れてそう言うと、ヴァイオレットは幼児にあるまじき嘲笑《あざわら》うような笑みを浮かべて、「そんなの、いまさらではないの」と言った。

「いままでゆるしていたことを、『やっぱりだめ』とひるがえすのはよくないのよ。さいしょがかんじんということばを、おまえはしらないの？」

あまりにも偉そうな四歳児に閉口する。

この口から先に生まれたような従妹に、ヨハネスは勝てた例《ためし》がない。

じんじんと痛む左手も相まってつい顔を顰めると、ヴァイオレットは目を吊り上げた。

「いまからでもよびだして、あのじじょにそうおうのばつをあたえなさい」

「いいんだ。大したことじゃないから」

最初に許したことを『やっぱりだめ』と翻すのは良くないんじゃなかったのか、という言葉は呑み込みつつ、ヨハネスは首を振った。

確かに多少の痛みはあるが、数日で治るような軽い火傷だ。

しかしその程度であっても王族に火傷を負わせたあの侍女は、きつい罰を受けるだろう。

ヨハネスの言葉に、ヴァイオレットがますます不満そうな顔で「しなくてもよいやせがまんをするなんて、おうぞくのかざかみにもおけないやつね」と憤慨している。

自分にされたわけでもないのに何を怒っているのだと、ヨハネスが言い返そうとした、その時。

「二人とも。部屋でお茶を飲んでいたのね」

柔らかなアルトの声が響いた。

振り向くとそこには、公務から戻ったらしい叔母が微笑んでいた。

ヴァイオレットの母は、ヨハネスが今まで見た人間の中で一番きれいで優しい女性《ひと》だ。

そんな叔母がヨハネスに目礼したあと、ヴァイオレットに目を向ける。

「ヴァイオレット。いくら殿下がお優しくとも、そのような言葉遣いをして甘えるのはよくないわ」

「あまえてないわ！　これはきょういくよ！」

憤慨するヴァイオレットに、叔母は「まあ」と口元に手を当てる。

「ヴァイオレット。甘えのない素敵な淑女というものはね、もしも殿下に何かを教えて差し上げたい時は、『教育』ではなく『進言』と言い換えるものよ」

そう言いながら、叔母の赤に近い紫の瞳が、ヨハネスを捉える。そうして視線がヨハネスの手に向かい——納得したように頷いた。

「まあ、殿下。手が赤くなっていますわ。……もしや、侍女の粗相をお許しに？」

「あ、ああ……」

「急いで冷やさなければ。ヴァイオレット、殿下を冷やして差し上げて」

叔母がそう言うと、ヴァイオレットはむっとした顔のまま、口の中で小さく呪文を唱える。するとじんじんと痛むヨハネスの手が、ぱあっと氷のように冷たい光で包まれる。

冷やすと随分楽になる痛みに驚いていると、叔母が「よかったですね」と優しく微笑んだ。

「ヴァイオレットは、殿下に手当てをしてほしかったのね」

「そうなの？」

ヨハネスがぎょっとしてヴァイオレットに目を向けると、彼女は思い切り顔を顰めて「そんなわけがないでしょう」と顔を背けた。

「わたしは、しようにんにまともなばつもあたえられないヨハネスが、なさけないとおもっただけで……」

「そうね。正当な罰を与えるべきというあなたの意見は、間違っていないわ」

ヴァイオレットの言葉に、叔母が頷く。

その様子を見たヨハネスは、胸を押さえて俯いた。

「けれどね、ヴァイオレット。殿下の行動も、何一つ間違ってはいないのよ」

「え？」

ヴァイオレットとヨハネスは、同時に叔母の顔を見る。対極にあるお互いの意見が、どちらも間違っていないとはどういうことだろう。

そんな疑問を浮かべるヨハネスたちに、叔母は柔らかな笑みを浮かべて口を開いた。

「もう少し正確に言うと、自身の思う正解へと誘導するのが王侯貴族というものです。たとえば殿下の侍女を庇った行動は、主人を侮る使用人をつくることにも、主人に忠誠を誓う人間をつくることにもなり得ますわ」

「正解へと誘導する……？」

なんだか難しそうだ。自分にできるだろうかと、つい不安になる。

そんなヨハネスに、叔母が「大丈夫ですわ」と優しく微笑んだ。

「まずは自分の思う正解——こうありたいという理想を、胸の中でつくることです。そのためには二人一緒に色々な経験をすることが必要ですわ」

そう言った叔母が「この、少しわがままなヴァイオレットと一緒に、というのは大変かもしれませんが。どうぞこの子をよろしくお願いしますね」と苦笑した。

その言葉を聞いてヴァイオレットが「めんどうをみるのはヴァイオレットのほうよ」と抗議する。

ヴァイオレットの言葉に、叔母は「殿下にそんなことを言ってはいけませんよ」と窘《たしな》めながらも、ふふ、と笑う。

「ヴァイオレットも、殿下に何かがあった時は助けて差し上げてね」

そんなことを言っていた叔母は、間もなく病に倒れて一年後に果無くなった。

今思い返せばヴァイオレットの無法ぶりはそれ以来、質が変わったように思う。

叔母の言葉を借りて言えば、おそらくその時ヴァイオレットの胸の中で『正解』が、きっと確立したのだろう。

――そんなことを思いながら、ヨハネスはクロードとソフィアが去った後の部屋の中を見渡した。

ヴァイオレットの部屋に入るのは、数年ぶりだ。

最後に訪れたのは、ヴァイオレットの見舞いに行った時だった。これなら風邪も治るだろう、そう思って真剣に選んだ蜂蜜を、罵倒されて投げつけられた。

あの時何もわかろうとせず、生まれて初めてヴァイオレットを怒鳴りつけた時のことを、ヨハネスはおそらくずっと悔やんでいくだろう。

とはいえ。それとこれとは、話が別である。

「それで」

ヨハネスの対面に座り、優雅に紅茶を飲んでいるヴァイオレットにじろりと目を向けた。

「私からの呼び出しを再三断っていたのは、一体どういうわけなのだ、ヴァイオレット」

普通ならば青ざめて平伏する場面だと思うのだが、ヴァイオレットは涼しい顔をしている。

「だって、私の方には何の用もないのだもの。それなのにお前と会うなんて、なんだか気が向かないわ」

繕《つくろ》いもしない理由にイラッとし、ついじっとりとした視線を向ける。

「国王からの呼び出しは『気が向いたら行く』というものではないと思わないか？　言っておくがな。私は多忙なのだぞ。どこかの従妹が願った報奨の後始末でな」

報奨というのは、幽閉の塔に投獄されている伯父との面会権だ。

本来王族の殺害を企んだ者は、神父以外との面会が禁じられている。固く禁じられているそのルールを、『大公を捕まえ王太子の命を救った報奨』として特別に許可したのだった。

その後処理の大変さは、思い出したくもない出来事である。

あらゆる大貴族や権力者——例えばエルフォード公爵家と共にこの国の双璧を成すディンズケール公爵家や、ディンズケール公爵家と縁が深い大聖堂。

その他いくつかの有力貴族に苦言を呈され、王位を継いだばかりのヨハネスは、その対応に非常に苦慮することとなった。正直今も、胃が痛い。

思わず遠い目をしたヨハネスの様子をさして気にする様子もなく、ヴァイオレットが「まあ」と言った。

「私のせいばかりではないでしょう？　様々な国策を、張り切ってやっているそうではないの」

「……その通りだ」

王宮に顔を出さずとも、ヴァイオレットはきちんと情報は仕入れているらしい。

さすがだなと内心で舌を巻きつつ、ヨハネスは頷いた。

「地方と王都の格差是正も急務だが、同時に貧民街の問題に一気に手を付けようと思ってな」

人も物資も金も集まる王都だが、その恩恵を受け入れられない者が集まる場所が貧民街だ。

貧困と、犯罪の地。それに加えていつも流行病が始まるのは貧民街であることから、その場所は侮蔑と差別の対象になっていた。

「貧民街の解決は、なかなか難しい。あそこに金をかけても無駄だと難色を示す者も多いからな」

とはいえ王位を継いだ時から、父である先代国王の『豊かな貴族に集中して富を分配する』ということは決してやらないと決めていた。

王侯貴族からの反発は覚悟の上で、鉄は熱いうちに打てと一気に物事を進めている。

とはいえすでに反感を買っている身だ。この上更に、必要以上の反感を買うのは避けたい。

そういうわけで日々様々な貴族の力関係や要望や狙いを窺いつつ、現状で出来る最善の政策を立てて実行していた。

「まったく。この問題を解決できる者がいるのなら、私はどんな報奨でも授けるのだが」

ついそんな冗談が出てしまう。しかしこんなことを言っても意味がないと自分に苦笑しながら、ヨハネスは気を取り直して口を開いた。

「しかしそれにあたって、オルコット伯爵令嬢。彼女の作ったカプセルは、非常に役立っている。慈善活動を行っている者の話では、栄養状態が向上していると。私が礼を言っていたと伝えておいてくれ」

今言えば良かったな、と思いつつヨハネスがそう言うと、ヴァイオレットが怪訝そうに眉を顰めた。

「どうして私が？」

「お前とオルコット伯爵令嬢は、友人なのだろう？」

「馬鹿なの？」

ヨハネスの言葉に、ヴァイオレットが愚か者を見るような目を向けた。

その暴言に「不敬だぞ」とぼそりと呟きつつ、ヨハネスは小さくため息を吐《つ》く。

「お前が表立って誰かを気にかけたことなど、これまで一度もなかっただろう。最初はクロードへの嫌がらせかと思っていたが。……いや、これは私の願望かもしれないな」

そう言いながら、ヨハネスは僅かに目を伏せた。

「お前に友人と呼べるような人間ができたらいいと、叔母上が亡くなった時から思っていた」

特に、ヴァイオレットが信頼していた伯父を失った今となっては。

「――ヴァイオレット」

気を引き締めて王族らしい笑みを浮かべたヨハネスは、わざと声音に威厳を滲ませ、ヴァイオレットの名を呼んだ。

黙ってこちらに目を向けるヴァイオレットの表情を、悟られないよう慎重に観察する。

「伯父上との面会は、どうだった」

ヴァイオレットは何も言わず、口元だけで微笑んでいる。

何も答える気がないその様子に、ヨハネスは自分の想像が当たっていたのだと確信する。

「お前が伯父上と面会をした翌日に、幽閉の塔の者から報告があった。――伯父上の髪が、一夜にして老爺《ろうや》のように真っ白に染まったと。医師の見立てでは、心労が原因とのことだ」

ヴァイオレットの表情は、微笑したまま動かない。

動揺のない紫の瞳をまっすぐに見据えながら、ヨハネスは再び口を開いた。

「――いくら相手がお前でも。あの伯父上の心は、そう簡単には砕けまい」

復讐を遂げた先にヴァイオレットからどんな言葉を投げつけられるか。ヴァイオレットを知り尽くしていた伯父ならば、よくわかっていたはずだ。

(それに何より……伯父上の心は、とうに砕けていたのではないか)

そして復讐心だけが、その砕けた心の添え木になっていたはずだ。

(——残酷なことだ)

浮かんだその言葉が伯父に対してなのか、ヴァイオレットに対してなのか、両方か。

自分でもよくわからないまま、ヨハネスは静かに口を開いた
「伯父上の話を思い返し、不思議に思ったことがある。私は祖父の人となりをよく知らない。しかし私の父と、お前の母のことはよく知っている。私の父には確かに想像力はなく、利己的ではあるが——反対に叔母上が、非常に聡明だったということを。……あの叔母上が、悪意に気付かぬはずがない」

ヴァイオレットの紫の目には、何の感情も宿っていない。

「そしてもしも悪意を持って伯父上の妻を害そうとしたならば。伯父上の妻が一言『茶を貰った』というだけで全てが露見するような、あのようなお粗末なことはしないだろう」

そう言いながらヨハネスは、叔母の顔を思い出す。

その容貌と聡明さは、ヴァイオレットによく似ている。しかしヴァイオレットの母とは思えないくらい優しかったあの人は、そんな嫌がらせは決してしないだろうが。

「祖父は人前では、伯父上を大切にしているように振る舞っていたという。ならば体面を保つため、

懐妊した息子夫婦のために何かを取り寄せるという事を、しない方が不自然だ」

そうして取り寄せたその茶を、捨てることはせず気まぐれに託したのではないかと、そうヨハネスは予想している。

「すべては、偶然だった。自身が殺した妹はただ純粋に懐妊の祝いに来ただけで、何の罪もなかった。──ヴァイオレット、お前はそう告げたのか」

そう問うヨハネスの胸中には、伯父に対しての複雑な思いが渦巻いていた。

味わってきた苦痛は想像もできないが、それでも領民のためにと助けを求めた少女を利用し苦しめたことを、ヨハネスは生涯許すことはできないだろう。

しかしその人生に、救いがあってほしいと願ったことは事実。

関係の薄いヨハネスよりも、そう願う気持ちはヴァイオレットの方が強かったのではないだろうか。

「受けた仕打ちは、どんなことがあっても必ず返す。──お前の根幹を成すその信念を、私は否定はしない。──いや、少し語弊があるな。やりすぎている時には大いに止めるし否定する。そこは私は父上よりは甘くないぞ。だが」

心のどこかで妙な胸騒ぎがして、ヨハネスはヴァイオレットを見据えた。

「どうか頼むから、今後無茶はしてくれるな。私が助けになれることは、必ず手を貸すから。お前が私を助けてくれたように」

「……無茶なことはしないわ」

ヴァイオレットが小さく、呆れたように息を吐いた。

「『感情に任せて動けば、本質を見失う』――それが伯父様からの最後の教えですもの。自ら危険に飛び込むようなことは、しないと誓うわ」

「……そうか」

ヨハネスはヴァイオレットが平気で嘘を吐《つ》くことも、笑顔で隠し事をすることも知っている。

「よかった」

しかしその言葉は確かに真実のように見えて、ヨハネスはそっと安堵のため息を吐いた。

◇

(――本当にあの男は、あれで国王が務まるのかしら)

ヨハネスを乗せた馬車が去っていくのを窓から見届け、ヴァイオレットは息を吐いた。

前から思っていたのだが、あの男は王族としてあるまじきことに人間の本性が善性だと誤解している節がある。あれに道徳教育を施した者は、すぐに処するべきだ。

とはいえヨハネスには、あのように扱いやすい男であってほしいのだが。

(国王としての権力に、愚かとまではいえない頭脳。利用価値も、囮としての優秀さもなかなか類を見ないわね。私や伯父様と血が繋がっているとは思えないわ)

ヨハネスが聞いたら毛を逆立てて怒りそうなことを思いながら、ヴァイオレットは窓から離れ、自身が気に入っている豪奢な椅子に腰掛けた。

(お母様の聡明さに気付いただけでも上出来かしら。しかしどうしてそれで、『偶然』という言葉

ですませてしまうのか不思議だけれど）

ヨハネスの言う通り、ヴァイオレットは確かに伯父に真実を明かしている。

しかしながらその真実が、ヨハネスの言うような偶然であるわけがない。

そしてその『偶然』を引き起こした黒幕を掴む情報は、圧倒的に足りていない。

そんなことを思いながら、微かに笑ったヴァイオレットは冷めた紅茶に映る自分の顔を見下ろした。

「――まったく、嘘を吐くまでもなかったわね」

ヨハネスに言った通り、自ら危険に飛び込むようなことは、もう決してしない。

前回はヴァイオレットを知り尽くす、師である伯父に不覚をとった。

しかしヴァイオレットはもう二度と、誰かの術中に陥ることなどないと決めている。

「――友人、ね」

先ほどヨハネスが言い出したことを思い出し、ヴァイオレットは微かに笑う。

ソフィア・オルコット。

あの薬師の才に溢れた気が弱い小娘には、非常に大きな利用価値がある。

（――私の目的を叶えるためには、必ずあの娘の力が必要になる）

そのために利用価値のある人間の利用価値を更に高め、同時にあの小娘はヴァイオレット・エルフォードの庇護下にあると、知らしめているだけにすぎないのだ。

今のヴァイオレットにとってソフィア・オルコットは、主にそういう人間だった。

公爵令嬢による高い高い

どこまでも丁寧に整えられた、春の王宮の庭園。

その庭園には些か不似合いなこの畑で、私はわくわくと心躍らせながら瑞々しい春の薬草を摘んでいた。

そんな私と共に畑の様子を見ているのは、同じ王宮薬師の三人だ。

「うん、よく根付いてる。さすが王宮は土まで良質だな」

「本当ねえ」

スヴェンの言葉に頷くのは、王宮薬師の先輩であるナンシーさんだ。

ゆるやかな長い黒髪を一つに束ねたナンシーさんは、どこか色気の漂う表情を浮かべながらおっとりと微笑んだ。

「土がふかふか。みみずがたくさんいるおかげね。……この子たち、二十匹くらい捕まえて日干しにしてもいいかしら。作りたいお薬があるのだけれど……」

「あ、生き物を捕らえて薬にしてしまうのは、ちょっと」

そう止めるのは、私と同じ新人薬師のノエルさんだ。

肩のあたりで切り揃えた亜麻色の髪に、黒縁の眼鏡。見るからに才女といった雰囲気を醸し出している彼女は、私と一つしか変わらないというのにとてもしっかりとしている方だった。

そんなノエルさんが困ったように眉を下げながら、みみずを詰めるための瓶を手に持つナンシーさんに目を向けた。

「ソフィアさんが陛下からいただいたのは、あくまでも王宮の一角を畑として使うことへの使用許可です。王宮の敷地内にある生物は基本的に王家のものと見做されますので、どうしてもここにいるみみずを獲りたいというのであれば、王宮に許可を求めるべきかと」

「みみずを獲っても良いですかって？　ううん……やめておくわ。王宮には殿方がいっぱいだものねえ」

ナンシーさんが「みみずを日干しにする女は、さすがにモテないもの」と残念そうに息を吐く。常時恋人を募集しているナンシーさんの趣味は恋愛だそうで、今は七人の恋人がいるのだそうだ。

「こうして王宮の庭園に何を植えてもいい畑があるだけで助かるしなあ」

のんびりと頷いていたスヴェンが、私に向かって親指を立てた。

「さすが国王を救った女！　報奨が一味違うね！」

「す、救ったと言っても……たまたま幸運が重なっただけなので……」

スヴェンの言葉に恐縮しつつ、ごにょごにょと視線を彷徨《さまよ》わせる。

今私達がいるこの畑は、三か月前の大公の事件で、私が陛下へ薬を作ったこと――対外的には解毒薬となっている――の報奨としていただいたものだった。

王宮薬師という職も寮という住む場所も手に入れていた私は、陛下直々に尋ねられた『報奨は何が良いのか』の問いになかなか答えられず。

非常に悩んで思いついたのが、この王宮薬師の研究所にやや近い、庭園の端っこのスペースを畑にしていただくことだった。

その報奨は予想外だったようで、お願いをした時陛下や周りの方はとても困惑していたけれど、それで良いのならと快諾していただいた。

私があの薬を作れたのは、お祖父さまの知識と重なった幸運のおかげなのだけれど――。

正直に言って、とても嬉しい。

もちろん王宮の敷地内には王宮薬師のために、薬草を栽培している薬草園というものもあるのだけれど、そこは比較的管理が難しかったり、希少だったり、そんな高価な類《たぐい》の薬草でスペースは手一杯なのだ。

もちろん、薬草に貴賤というものはない。

しかし野草やどこででも栽培が容易な野菜を育てさせてほしいとはなかなか言いにくく、されど思い立ったときに採れたてのそれらが使いたい……そんな私のような薬師にとってこの畑は、何よりの報奨だった。

「ま、若干人の視線は痛いけどな」

しみじみと幸せを感じている私の耳に、スヴェンの苦笑交じりの声が聞こえる。

スヴェンの視線の先を辿ると、確かに王宮の窓越し、おそらく廊下だろう場所を歩いている人たちがこちらをちらちらと、時にはまじまじと見ているようだった。

最近ではすっかり慣れていたけれど、確かにここは注目の的だった。

しかし、仕方のないことだと思う。

端っことはいえ、綺麗に整えられた庭園に急に素朴な畑が現れたら大半の人は驚くだろうし、何が植えられているのかは誰もが気になるところだろう。

それでも畑ができてからひと月が経ち、皆さま慣れてきているようだったのだけれど……とこちらを見る方々に目を向けていた私は、疑問を感じて首を傾げた。

「なんだか今日は人が多いですね」

それも使用人ではなく、なんだか遠目で見ても偉い人とわかるような雰囲気の、ぱりっとした紳士が多い。

「今日は有力貴族が集まる会議がありますから」

私の疑問にノエルさんがそう答えた。

「花祭りも近づいてきましたし、先日戴冠式の日取りが発表されましたので、それでかと」

「ああ、そういえばそうね。戴冠式が慣例よりもちょっと早い日に決まったからばたばたしてるって、文官の彼が言っていたわ」

そう言いながらナンシーさんが窓の方に目を向けて「それにしても」と頬に手を当てた。

「高位貴族のおじさま方って、遠目からでも佇まいが素敵よね。大体妻子持ちなのが残念だわ」

「七人も恋人がいるのに、そこの倫理観はきっちりしてるんだな」

「スヴェンはまだまだねえ。恋多き女こそ、越えてはいけない線は守るものなのよ」

少し呆れ顔のスヴェンに、ナンシーさんはどこ吹く風だ。

二人は気が合うのか合わないのか、いつもこういった言い合いをしている。

今まであまり人間社会に接してこなかった私としては、そんな会話を聞くのも楽しい。

二人をスルーして薬草を摘み始めたノエルさんと一緒に薬草を採りながら、二人の会話を聞いていた、その時。

急に首筋にぞくりとした視線を感じた気がして、驚いて振り返る。

先ほどの王宮の廊下に、じっとこちらを眺めている様子の男性が立っていた。

男性はそのまま数秒の間を置いて、すぐに何事もなかったかのように、去って行った。

「どうした？」

「あ、いや、今視線を感じて……」

私がそう言うと、「今のはディンズケール公爵ね」とナンシーさんが言った。

遠目でよくわかるものだと驚きつつ、今聞いた名前を復唱する。

「ディンズケール公爵？」

「ええ。この国には二つの公爵家があるのは知っているでしょう？　ソフィアちゃんがよく知っているエルフォード公爵家と、それからディンズケール公爵家。その当主よ」

「……この国に公爵家は、二つしかないんですか？」

「あら、知らなかったの？」

全く知らなかった。

少し驚いたようにを上げたナンシーさんが「覚えていた方がいいわよ」と優しく言った。

「建国当初から続く名家は他にもあるけれど、その二家はこの王国グロースヒンメルの双璧と言われているわ。でも……そうなの、ソフィアちゃんを見ていたのね……」

「え……あの、何か……？」

歯切れ悪く言い淀むナンシーさんに、嫌な予感がして尋ねると、彼女は「ディンズケール公爵家とエルフォード公爵家はね」と真面目な顔で言った。

「仲が悪いの」

「仲が悪い」

面食らって復唱すると、ナンシーさんが「そうなのよ」と真面目な顔で頷いた。

「エルフォード公爵家は王家派。対するディンズケール公爵家は教会派という、そんな派閥の問題もあって、昔から仲が悪いらしいのだけれど……」

「派閥ですか……」

政治と権力の世界に疎い私は、神妙に頷いた。

派閥の問題や淑女教育など、貴族として生きる人たちは大変だ……と、私が心底自分の薬師という職を得られたことに感謝していると、ナンシーさんがおっとりと「でも一番は」と続けた。

「確か十二年……三年？　くらい前に、エルフォード公爵令嬢がディンズケール公爵子息を、魔術を使って『高い高い』したせいじゃなかったかしら」

「高い高い……？」

「あ、俺もそれ知ってる」

和やかな単語に私が首を傾げると、スヴェンも大きく頷いた。

「エルフォード公爵令嬢が、自分を揶揄《からか》ったディンズケール公爵子息とその取り巻き達を、魔術を使って何度も空高く放り投げたやつだよな」

「……！」

「エルフォード公爵令嬢の高い高い……なんと、あの木よりも高かったとか」

スヴェンが指さした木は、背の高い成人男性三人分は必要かと思われる高さの高木《こうぼく》だった。

「エルフォード公爵令嬢は当時の国王陛下に溺愛されてたし、確かディンズケール公爵子息の方が五、六歳は年上だったってこともあって喧嘩両成敗で終わったらしいけど。そんなこんなであの二家は、ちょっと……いや、結構仲が悪いらしい」

「な、なるほど……」

それはそうなるだろう。

幼い頃のディンズケール公爵子息に心の底から同情しつつ、私はあらためてヴァイオレットさまに逆らわないようにしようと、固く心に決めた。

そんな私にナンシーさんが自分の頬に手を当てて、困ったように首を傾げる。

「だからソフィアちゃんを見ていたっていうのが、気になって。ほら、ソフィアちゃん、エルフォード公爵令嬢と仲が良いでしょう？　あの方が自宅に招く唯一の友人だって、話題になってるもの」

「ゆ、友人⁉　そ、それはないです。そんな恐れ多い……」

謙遜ではなく本当に恐れ多くて、慌てて首を振る。

私が友人だと呼ばれていることがヴァイオレットさまに知られたら、なんだか叱られてしまいそうだ。そう思って私が弁解しようと、口を開いた瞬間。

不意に後ろから、声をかけられた。

「失礼」

聞き覚えのない声に振り向くと。

そこにいたのは黒いローブを身に纏った、とても綺麗な男性だった。

黒い髪に、金色の瞳。

どこか浮世離れした雰囲気を持つその方は、なんだかとても目を引く男性だった。

お顔を見る限り、三十代になるかならないか、というところだろうか。

しかしどことなく老成した佇まいでいらっしゃるので、もしかしたらもう少し年齢は上なのかもしれない。

「あ、ええと……どうなさいましたか?」

そう尋ねると、男性が掴みどころのない瞳で私を見る。

——この方、なんだかどこかでお会いしたことがあるような……?

見覚えがあるような気がするけれど、しかしまったく記憶にない。

三か月前まで筋金入りの引きこもり生活を送っていた私に旧い知り合いなどいるわけがないので、多分気のせいなのだろうけれど。

そんなことを思っていると、「人を捜しているのですが」と、彼が僅かに眉を下げた。

「人、ですか？」

「ええ。ディンズケール公爵閣下がどこにいるか、ご存じありませんか」

今しがた話していただばかりの名前に驚きつつ、私はさっきディンズケール公爵がいた窓に手のひらを向けた。

「あ……ええと、公爵なら先ほど、あちらの廊下で見ました。もう会議室に向かっているかと……」

「ああ、そうでしたか。……先に行ってしまったか」

そう独り言のように呟いて、彼が「助かりました」と言った後、私の瞳を覗き込んだ。

吸い込まれそうな金色の瞳が、一瞬微かに驚いたように揺れる。

かと思うと彼はすぐに穏やかに微笑んで、小さく口を開いた。

「お気をつけて」

「え？」

唐突な言葉に驚くと、彼は「本来、女性に使う言葉ではありませんが」と上品に苦笑した。

「あなたに女難の星が出ています。女性の隠し事にはご注意を」

それだけを言うと私の答えを待たず、そのまま颯爽と屋敷へと歩いていく。

「女性の隠し事……？」

そのまま王宮の出入り口に向かっていったその男性の言葉に困惑していると、ノエルさんが驚いた声音で「フレデリック・フォスター？」と呟いた。

「フレデリック・フォスター……あっ」

聞き覚えのある名前に、思わず声をあげる。

その名前は、少し前に発表された論文の著者の名だった。

薬の材料といえば動植物から、というのが薬師界の通説なのだけれど、彼はその論文の中で、金属も薬の材料に成り得ると発表したのだ。

当初それはないだろう、と薬師界はざわざわとしていたらしいのだけれど、その論文を読んだ私のお祖父さま――アーバスノット侯爵が鉄粉を使った薬を作ったことで、一気に世論が変わったらしい。

とはいえ金属は体に大きな毒となるものも多いので、まだまだ慎重な研究が必要となるけれど。

しかし薬師界に画期的な革命を齎《もたら》したとして、今大変な注目を浴びている方だ。

なるほど。どこかで見たお顔だと思ったのは、何かに載っていた肖像画を目にしていたからだ。

そう納得する私の横で、スヴェンが「すっご⁉　本物⁉」と目を輝かせる。

どうやらスヴェンは彼のファンのようで、興奮気味に「フレデリック・フォスターは薬師じゃないのに、画期的な革命を齎したんだよ」と、誇らしそうに説明を始めた。

「フレデリック・フォスターは、優秀な錬金術師なんだ。元々錬金術師の名門フォスター家の遠い分家の出だったんだけど、あまりに才能がありすぎて本家に養子に入ったらしい」

「錬金術師って……あの、石を黄金に変える？」

「そ。不可能を可能に変える、賢者の石の作製を目指す人のこと。賢者の石はその辺の鉄屑を黄金に変えたり不老不死にしたり、亡くなった人を生き返らせたり――不可能なことをすべて可能にする、すごい石のことなんだけど」

「な、亡くなった人まで……」

驚いて、目を瞬かせる。

「それはもはや、神さまの領域じゃ……大丈夫なのでしょうか」

もしもそれが完成したら、すごいことだ。

人と神は違うと説いている、教会の教えに反するのではないだろうか。

そんな私にナンシーさんが、「それは大丈夫じゃないかしら」とおっとり微笑んだ。

「錬金術師は、賢者の石を作るために色々なものを発明しているの。たとえば金も溶かす王水や、火薬や蒸留技術や、その他に人体の研究もね。彼らがいなければ、文化の発展はないのよ」

「確かにそうですね」

ノエルさんが真面目な顔で頷きながら、「それに」と言った。

「本当に賢者の石が作れるだなんてこと、きっと当の錬金術師以外に信じる人間はいないでしょうし……」

辛辣な相槌《あいづち》に、スヴェンが口を尖らせる。

「いや、錬金術師はまだ賢者の石こそ作ってないけど、ナンシーが言った通り色々と発明してるし、それになんといっても……」

「そうそう。錬金術師――フォスター家は、教会派のディンズケール公爵家のお抱えでもあるの」

スヴェンの言葉を華麗に遮り、ナンシーさんが少し小声で言った。

「お抱え？」

「今言おうとしてたのに」

スヴェンが再び唇を尖らせ、じろりとナンシーさんに目を向ける。

「占星術だよ。錬金術は占星術と隣り合わせなんだ」

そう言いながら、スヴェンは自分のことのように誇らしそうに胸を張った。

「フォスター家は錬金術でも有名だけど、昔から占星術がよく当たるって評判なんだ。特にフレデリック・フォスターはその占星術が超一流で、未来のことは百発百中で言い当てるらしい」

百発百中の予言師。それが本当ならば、確かに重宝されるだろう。

すごいことだなあと感心している私の脳に、不意に先程のフレデリックさまの言葉が思い浮かんだ。

「だから、まあ……」

スヴェンが、気の毒そうに微笑む。

「――隠し事をしてそうな悪女の側には、あんまり行かない方が、いい気がするけど……」

「………」

「無理だよな」

その通りだった。

脳内でヴァイオレットさまの高笑いが響き渡り、私は深く絶望した。

薬草を摘み、畑の手入れを終えて研究所に戻る途中。

「いやあ……それにしても、かっこよかったなあ。占ってもらえるなんて、むしろ俺はソフィアが羨ましいよ」

「女難の星が羨ましいんですか……？」

「羨ましい」

ノエルさんの戸惑いの声にも羨ましいと即答するスヴェンに、羨ましいのならすぐにでも代わってあげたいなあ、と私は遠い目をした。

「そこまでファンなのねえ」

「いやほら、桁違いの天才って、見てて清々しいじゃん。特にフレデリック・フォスターは雰囲気が渋い」

ナンシーさんとノエルさんの呆れ交じりの視線は意に介さず、スヴェンが「滲み出る天才オーラが為せる業だよ。俺は努力ができるだけの凡人だから本物の天才には憧れる」とうんうん頷く。

確かに錬金術や占星術にあまり詳しくない私でも、彼の凄さはなんとなくわかる。

占星術はとても複雑な計算の果てに、ようやく占えるものなのだと聞いたことがあるからだ。

それなのに私の顔を、パッと見ただけで言えるだなんて、超一流の方ともなると、複雑な暗算ができるのだろう。すごい。

それに鉱物をお薬に使うという発想は、なかなか出てくるものじゃない。

一度お話を聞いてみたいな、一体どんなきっかけから閃いたのかしら……と、考え事をしている私の耳に、ナンシーさんがおっとりとした声で「かっこいい、ねえ」と頬に手を当てた。

「私はもう少し男らしい方がいいわ。がっしりとした大柄の——たとえばほら、陛下直属の騎士団長のクロード様とか」

「えっ」

ナンシーさんの言葉に驚いて思わず声をあげると、ナンシーさんが「あら」と口元に手を当てた。

「失言だったかしら。クロード様からの求婚を断ったというから、てっきりソフィアちゃんはクロード様には興味がないのかと思っていたけれど」

「え、ソフィア、クロード・ブラッドリーまで振ってたの？　そんな大人しい顔をしてバッサバッサと……強欲にも程があるだろ……」

「ごっ、誤解です！　あ、あれは善意で！　クロードさまは、友達です！」

驚いているナンシーさんと、ドン引きしているスヴェンの言葉を否定して、私は慌てて説明をした。

「王宮薬師になって求婚がたくさん来るようになって、困っていた私をクロードさまが見兼ねてそう申し出てくださっただけで、それは申し訳ないので自力で頑張るとお伝えしたんです！　ふ、振るなんてとんでもありません」

クロードさまの名誉のためにも、ここはきちんとわかってもらわなければいけない。

大体、ヴァイオレットさまの婚約者候補から外れたクロードさまには、たくさんの求婚話が殺到していらしいのだ。

それはそうだろうと思う。見目麗しい侯爵家の次男で、国王陛下の覚えもめでたい騎士団長なのだ。

「わ、私では釣り合いません。ですのでお友達としても恥ずかしくないように、精進中で……」

私がそう言うと、三人は顔を見合わせた。

「……クロード・ブラッドリーって、案外苦労してそうだな」

「そうねえ。でも、苦労している男の人ってセクシーじゃない？　狙えなくて残念だわ」

「それは男の俺にはわからない境地だよ」

「女の私にもわからない境地です」

「スヴェンもノエルちゃんもまだまだねえ」

そんな三人の会話の意味自体が、よくわからず。

私は頭の中をハテナでいっぱいにしながら、ナンシーさんの「この世で一番かわいくてセクシーなのはくたびれた男の人」というお話を、真剣に聞いていたのだった。

第二章

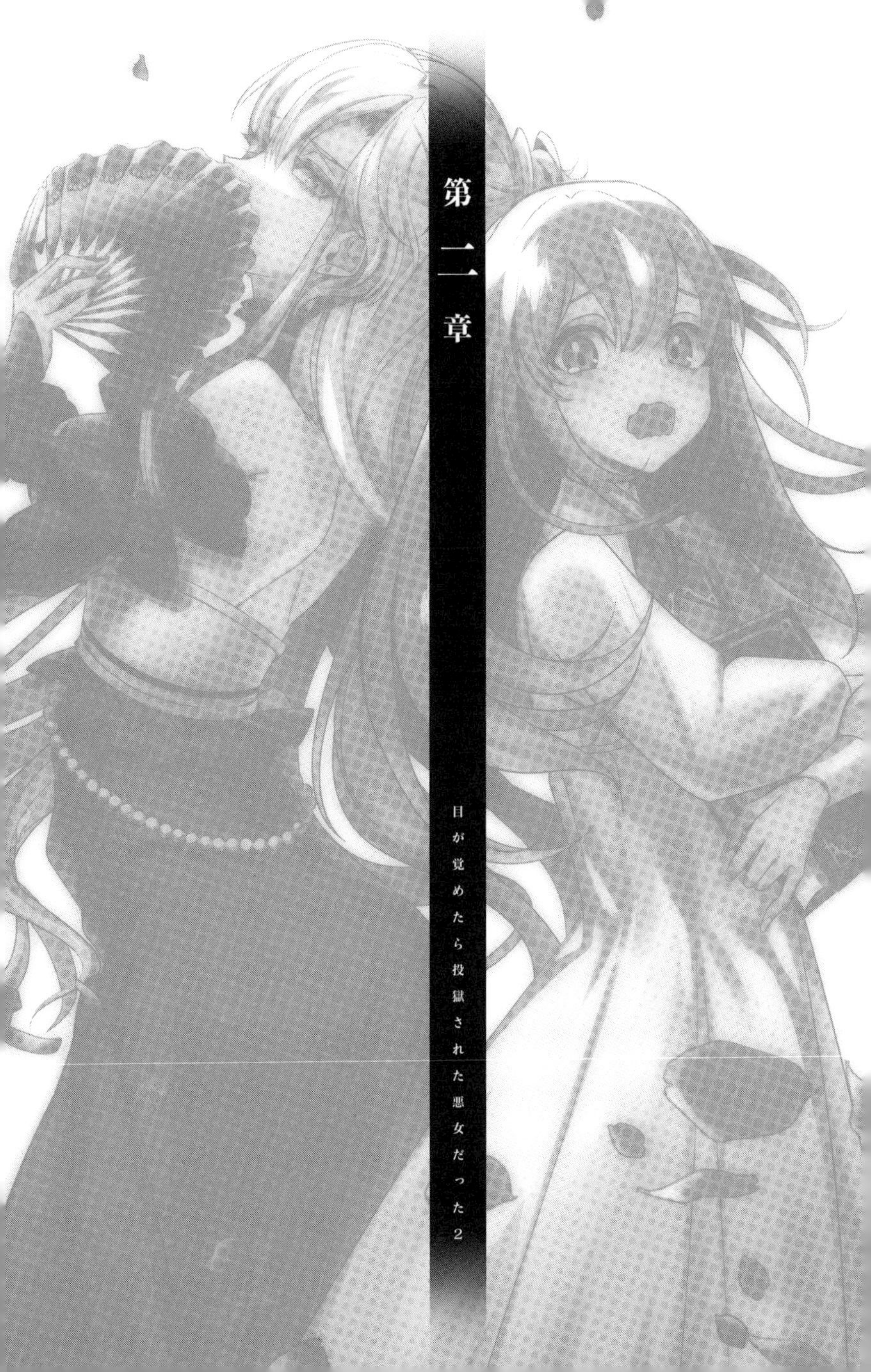

騎士団長と元友人

その頃クロードは、花祭りの警護の最終確認のため王都の広場を訪れていた。

既に屋台や露店が多く出ていて、街は賑わっている。

花の女王の戴冠を含む、花祭りの儀式でのヨハネスをはじめとする王侯貴族や、教会の人間の動線を頭に入れる。

その上でクロードは騎士たちの配置や有事の際の動き方についてなど、最終的な確認と指導を行っていた。

それが終わってようやく一息吐《っ》いた頃、後ろから「団長」と呼びかけられた。

振り向くと、そこにいたのは一緒に指導に当たっていた副団長のニールだった。

「お疲れ様。今日はいつになく力が入ってるね」

「いつも通りだ」

ニールの微笑みに何か含みのようなものを感じ、身構えたクロードは即座に答えた。

「ふうん？」

意味ありげな視線を浮かべるニールを横目で見て、顔を顰める。

「本当だ。俺は断じて浮かれてなど……」

「あ。やっぱり浮かれるようなことがあったんだ」

「………」

墓穴を掘って口を噤むクロードに、ニールが「君、本当にそういうところがわかりやすいね」と笑った。

「安心して。いつも通りだったよ。ただ、なんとなく良いことがあったのかなって、友人としてのただの勘……うわ、苦い顔」

不覚を取った自分に盛大に顔を顰めていると、ニールが「はは」と更に笑った。

「まあ、僕たちの場合花祭り当日にデートに行くなんて無理だけどさ。もう屋台や露店がたくさん出てるし、充分楽しいデートになりそうだよね。食べ物はもちろん、他にも色んなものが売ってるし。ソフィア様も喜ぶんじゃない？」

「……」

どうして、ニールが屋台巡りをすると知っているのだろうか。

クロードのその考えを察したのか、ニールが笑いながら「そりゃあわかるよ」と言った。

「ヘタレの君でも、この時期なら屋台の食べ物を理由に誘えそうだなって思ってたから」

「……」

前回、ソフィアに対する求婚が、『本気だと受け取ってもらえなかった』という惨憺たる結果で終わってから、ニールはクロードのことを『ヘタレ』と評するようになってしまった。

「まあまあ、そんな怖い顔しないで」

笑いながら、ニールがクロードの肩を叩いた。

「おすすめの屋台を教えてあげるよ。あそこの屋台ではチョコのかかったドーナツが……」

そう説明を始めたニールの言葉を、不本意ながら聞こうとした、その時。

「クロード」

突然後ろからそう名を呼ばれ、クロードたちは振り向いた。

声の主は、焦げ茶色の髪にとび色の瞳をした、若い男だった。

整った顔立ちをしているが、着崩した身なりや整えられていない髪形から、どことなくだらしのない、荒んだ雰囲気を感じさせる。

しかしその大きな体格や、整った顔立ちには見覚えがある。

気付くのは容易《たやす》く、クロードとニールが息を呑んだのは、同時だった。

「ドミニク……」

「久しぶりだな」

かつての同僚の名前を呼ぶと、男はどこか皮肉気に笑いながら片手をあげた。

「ああ、敬語を使った方がいいかな。俺はもう騎士じゃないし、今やあなた方は国王直属の騎士団長と、副団長だ。……なんてな」

そう自嘲気味に笑う男は、クロードがよく知るかつての友人とは、別人のようだ。

ドミニク・ランネット。彼はクロードの友人であり、かつて騎士試験に合格した訓練生の同期として、共に王宮騎士を志していた。

しかし王宮騎士になる直前、彼は訓練生を――騎士を辞めてしまった。

数年前、彼の姉が夜会でヴァイオレットのドレスの裾を踏んでしまったことを理由に、ヴァイオレットの手回しによって生家は没落し、爵位を返上した。

生家が貴族ではなくなったことや、彼の両親が借金を苦にして手を染めた犯罪が暴かれたこともあり、訓練生を辞した彼は以来行方知れずとなっていたのだ。

噂では、王都から出て行ったと聞いていたが。

「ドミニク。お前、今まで一体どこに……」

クロードがそう尋ねると、ドミニクは大きく肩をすくめた。

「さあ。転々としてたよ。貴族でもない一文なしだが、腕っ節には自信があったんでね。どこに行ってもかろうじて食い扶持には困らない。……なんて、こんな身の上話は楽しくないよな。それよりもお前たちは、花祭りの護衛の準備か？」

そう言いながら、ドミニクが周りを見渡す。

「厳戒態勢だな。陛下が参加なさるとは聞いていたが、本当だったのか。ということは今回、花の女王へ花冠をかぶせるのは大聖堂の大司教ではなく陛下か。警護も大変だな。近接武器に対しての護衛は万全に見える。投擲武器や弓矢への警護はどう備え――……」

「……ドミニク」

心苦しさを押し殺し、名前を呼ぶ。

護衛に関することはたとえどんなに些細なことでも、口外するわけにはいかなかった。

「…………ああ、すまない。部外者には話せないよな」

クロードに名を呼ばれ、ドミニクは両手をあげた。

「悪かった、つい懐かしくなって。そんなことよりもクロード。今日はお前に、頼みたいことがあるんだ」

「俺に？」

多少驚きつつも、「俺にできることなら」とクロードは頷いた。

その言葉にドミニクが目をぎらりと光らせて、クロードのすぐ近くまで歩み寄る。

そうして耳元に唇を寄せて「ヴァイオレット・エルフォード」と、ヴァイオレットの名を呼んだ。

「あの女と、一度会わせてほしい。そうだな、あの女がどこかに出かける日と場所を知らないか？」

「なに？」

驚いて、顔を離す。

クロードのその反応に「おっと」と両手をあげながら、「別に何かを企んでるわけじゃない」とドミニクは苦笑した。

「ただ、少しばかり言いたいことがあるだけだ。なんせあの女には、失うものがない今じゃなければ文句の一つも言えないだろ？」

おどけたような口調ではあるが、声音は妙に冷えていた。

「高貴なる公爵令嬢は、先日悲劇の英雄を捕まえたとして、有名になってるじゃないか。巷《ちまた》では美談として語られているみたいだが、今度はどんな手を使って身内まで追い詰めたんだろうな。クロード、お前なら詳しいことを知ってるだろ？」

ドミニクの言葉に、クロードは静かに首を振った
「それに関しては、公表されていることがすべてだ」

「……なんだよ、友達にまで隠すようなことなのか」

「隠しているわけではない。その件に関して、ヴァイオレットには何の咎もない」

きっぱりとそう言うと、ドミニクは驚いたようだった。

「それよりも、ヴァイオレットに話したいとのことだが……尽力する。俺も何があったのか、あらためて聞きたい。しかし突然会ったところで、彼女が君の話を聞くとは思えない。ヴァイオレットに面会の時間を設けるよう、頼んで……」

「はは、なんだ。お前も友情より保身か」

クロードの言葉を遮り、ドミニクが鼻白んだようにそう言った。

「あの女の機嫌を損ねたら、流石のお前も大変か。婚約者候補から外れたと聞くし」

「……保身で言ってるわけじゃない。ドミニク、まずは」

「お前が言ったところで、あの女が面会に応じると？　あの時は応じなかったのに？　それともあの時、あの女に頼んだっていうのが嘘だったのか。……馬鹿にしやがって」

「ドミニク！」

堪えかねたというように、ニールが叫んだ。

キッとドミニクを睨みつけながら「いい加減にしなよ。そんなこと自分でも違うって、わかって

るんだろ？」と鋭い声を出した。

「はっ」

そう鼻で笑ったドミニクが、ニールを――そしてクロードを睨みつける。

「お前を友人だと思っていた俺が馬鹿だったよ」

「ドミニク！　話を」

「聞く価値もない。何が騎士団長だ。魔術師に日和ったお前が騎士だと？」

そう言ってドミニクが「精々職を失わないように気をつけろよ」と吐き捨てた。

「ある日突然降ってきた災難の責任を取らされて、居場所を奪われることがあるんだからな」


「なにあれ。ひどいな。クロードがどれだけ自分のために手を尽くしたか、知らないわけじゃないだろうに」

ドミニクが去ったあと、いつも飄々としているニールが、珍しく憤りを見せた。

「手を尽くしたところで、何もできなかったのは事実だ」

「いや。そこは、彼の問題だよ」

ニールが厳しい表情で、ドミニクが去った方向を睨みつける。

「爵位の後ろ盾がなければ――それも、犯罪歴のある家族がいるなら、確かに王宮付きの騎士になることは不可能だ。だけどクロード、君は彼の家が没落した後あちこちに奔走し、少なくとも騎士でいられるようにと話をつけた。騎士になるかならないかは本人の自由だけれど、彼のためにできることはすべてやったと僕は思ってる」

ニールがまっすぐ、クロードに目を向ける。

「まあそうは言っても、君は気に病むんだろうと思うけれど」

そう苦笑しながら、ニールがクロードの肩を叩いた。

「さ、そろそろ仕事に戻ろっか」

「……ああ。そうだな」

頷きつつ、横を歩くニールに「礼を言う」と声をかける。

「どういたしまして」

少し笑って、いつも通りに飄々と振る舞うニールの気遣いをありがたいと思いつつ、クロードは、先ほどドミニクに言われた言葉を思い返していた。

『お前は助けてくれなかったもんな』

繰り返し蘇るその言葉に、クロードの胸に重苦しい感情が、澱《おり》のように溜まっていった。

かつての友人

ドミニク・ランネットとクロードが出会ったのは、今から九年前のことだった。

その日騎士団の式典の際に使われる広いホールが、ざわめきでいっぱいになっていた。

先日行われた騎士の入団試験に合格した少年たちが、一堂に会しているその場所で、十三歳のクロードは一人静かに、壁の近くに立っていた。

騎士の試験に合格し、ようやく訓練生となれた。

一年かけて行われる訓練の中で適性を測られ、正式な騎士となる一年後、配属先が決定される。

クロードが――、そして大半の少年が目指すのは、王族に直接仕える王宮騎士だ。

爵位のある名家出身であることや、素行の良さはもちろんのこと、剣の腕や身体能力も上位でなければ配属されないそこは、騎士を志す大半の者が憧れている。

訓練が始まるのを静かに待っていると、突然「失礼」と声をかけられた。

「あなたが、クロード・ブラッドリー？」

クロードに声をかけたのは、焦げ茶色の髪にとび色の瞳を持つ、利発そうな少年だ。

「……そうだが」

少し警戒をしながら、答える。

当時、すでに国王直属の騎士団長に稽古をつけてもらっていたクロードは、騎士を目指す少年たちからは少し距離を置いていた。

侯爵家という高い身分に、エルフォード公爵家の悪名高き一人娘の婚約者候補。

すべてはコネなのだろうとやっかみを受けることや、反対に自分を売り込んでもらうために親しくなろうと、近づいてくる者も少なくはなかった。

「ああやっぱり。すぐわかった」

愛想のないクロードの反応をさして気にせず、少年は快活に笑った。

「一人だけ、すげえ姿勢がいいからさ。強そうだな。俺も、王宮騎士を目指してるんだ」

ドミニクと名乗ったその少年は、クロードの頭から爪先までじっくり検分するように眺めて「本当に強そうだな」と笑った。

「一緒に頑張ろうな。よろしく」

そう少年が差し出す手には、剣だこや古い擦り傷がたくさんあった。

なんという不躾《ぶしつけ》な人間だろうと辟易しかけていたクロードは、その手のひらに目を見張る。

「……よろしく」

彼と似たような、ぼろぼろの手を差し出す。

ドミニクはその手を見て目を丸くし、にやりと笑って握手を交わした。


「俺、商人が嫌いなんだよね」

「君の家、元は商家じゃないか」

ドミニクの言葉に、ニールが呆れたように言った。

訓練生として過ごすうちにドミニクとニールとは仲が良くなり、こうして普段から三人で過ごすことが多くなっている。

「だからこそだよ」

ドミニクが顔を顰める。

「商《あきな》いの世界は抜け目がなくて、腹黒い奴ばっかだよ。そんな中俺のじいちゃんみたいな人が好過ぎる人間は食い物にされる。少しでも気を抜いたり情を見せたらもう終わり」

俺の姉貴も気が弱くて人が良いから嫁ぐまでは面倒見てやらないと、とそう嘆息するドミニクの生家は、ランネット家という裕福な子爵家だった。

元々はニールの言う通り裕福な商家だ。外国との取引も多く、町や国を発展させた功績を讃えられ、曽祖父の代で爵位を賜ったという。

彼の祖父が家を継いだ途端、経営していた商会はすぐに縮小し、潰れてしまったそうだが。

しかしドミニクの父が爵位を継ぐと、家はすぐに再興した。

元々商家で身を立てた一族だ。

コミュニケーション能力や自分を売り込むことに長けていたドミニクの父は、子爵でありながら高位貴族たちと非常に親しく付き合いつつ、小さな領地からは驚くべきほどの税収を得て、それを上手にまわしているそうだ。

「そういう七面倒な世界が絶対嫌でさ。強けりゃ認められる騎士の世界はわかりやすいよな。まあ、騎士だって上に立てば立つほど、出自だの駆け引きだの、大変なことがあるけどさ」

「それはそうだよ。貴族だって平民だって同じようなものさ。綺麗事だけで快適に生きられるほど、生きてくことは優しくないよね」

それに、とニールが言った。

「君の才覚は、やっぱり商人由来という感じがするよ。決して悪い意味ではなくて、むしろ長所だけれど」

確かに、とクロードも頷く。

「相手がどんな人物か、どう話せば相手が受け入れてくれるのか。ドミニクは見抜くのが上手い。その商人の才は、騎士としてもうまく活かせるだろうな」

自分にはない才能だと、クロードは素直に思う。

しかしクロードの褒め言葉に、ドミニクは少しバツの悪そうな顔をした。

「やっぱりバレてたか。あわよくばお前と仲良くなって師匠の騎士団長に売り込んでもらおうと思ってたの」

「そりゃあ……これだけ仲良くなればな」

「腹黒じゃないか」

呆れた顔のニールと、更にバツの悪そうな顔をするドミニクを見て、クロードは思わず「はは」と肩を震わせた。

あまり笑わないクロードを見て驚いたニールとドミニクに、まだ笑いの残る顔で「いいことじゃないか」とクロードは言った。

「血が滲むまで剣を握った男が、目的を叶えるために自分を売り込むのも努力の一つだと、俺は思う」

目を丸くするドミニクに「しかし」とクロードは苦笑した。

「俺と仲良くなっても売り込めず、期待外れだったろう」

騎士の入団試験に合格し訓練生となって以降、師匠である騎士団長との稽古は取りやめとなっている。会う機会も持たないままだ。

騎士になった以上、また稽古をつけてもらいたければ自分の力で王宮騎士となれ、というのが、師匠の考えだ。

「……いや、それはもういいや」

クロードの言葉に、ドミニクが笑った。

「ま、このままいけば合格間違いなしだしな」

「うわ、ちょっと。落ちるフラグをたてるの止めなよ」

何の憂いもなくそう笑い合えたのは、おそらくあの時間が最後だろう。

程なくしてヴァイオレットと共に出席した夜会で、ある令嬢がヴァイオレットのドレスの裾を踏んでしまった。

それが彼の姉だと気づいたのは、ドミニクに土下座をされたその日のことだった。


「――頼む、クロード。お前からエルフォード公爵令嬢に執りなしてくれ」

ドミニクがクロードの前に跪《ひざまず》き、地に頭を擦り付けた。

「ドミニク、やめろ！」

「姉は昔から鈍くさかった。お前の婚約者の……エルフォード公爵令嬢の裾を踏むなんて、なんてことを」

「俺にできることはする！　もう顔を上げてくれ」

そう言ってドミニクに、ヴァイオレットに頼むと約束をした。

そうして何度も、ヴァイオレットに「どうにか許してやってくれ」と頭を下げに行った。

しかしヴァイオレットは頑として首を縦には振らず、クロードに冷ややかな目を向けた。

「無礼を働かれたら倍にして返さなければ、いつか必ず足を掬われるわ」

それ以上に言葉を発さないヴァイオレットの様子から、絶対に許す気がないことを悟った。

侯爵である父になんとか出来ないかと頼み、決して頼りたくなかったヨハネス——将来の主君と決めたその人にも頭を下げたが、没落を阻止しようと動いた子爵の犯罪が明るみに出たこともあり、没落は免れなかった。

詳しいことは伏せられていたが、下級貴族や裕福な平民への脅迫や恐喝を行っていたらしい。

嘘か真かはわからないが、その犯罪はヴァイオレットがでっちあげたことだとも、当時大きく騒がれていた。

しかしどちらにせよ、ドミニクが王宮騎士になる道は潰えてしまった。

（王宮騎士としてではなく、普通の騎士としてなら。勧める手はあったのだが……）

当時のクロードが必死に根回しをして、騎士として残ることは許されたのだが、肝心のドミニクはその道を選ばなかった。

そうしているうちにドミニクは姿を消した。

彼が姿を消した翌日に、クロードとニールの王宮騎士への配属が決定した。

デートとは

月日が経つのは早いもので、あっという間に一週間が過ぎ。クロードさまとお出かけする日がやってきた。

今日を楽しみにしていた私は、少し……いや、かなり早めに、一張羅のワンピースに着替え終えて、鏡をじっと見ていた。

せめて髪くらいは結んだほうが良いかしら、このままが良いかしら……と悩んでいた、その時。

「んん……ソフィアちゃん？」

ベッドで眠っていたナンシーさんが、眠そうな目をこすりながらそう言った。

実は私とナンシーさんは同室で、ノエルさんは隣のお部屋なのだ。大きな音を立てないよう、そっと動いていたつもりだったのだけれど。

「起こしてしまってすみません」

私がそう謝ると、ナンシーさんが目をこすりながら「いいのよう」とあくびをした。

「朝から珍しいわね。どこかにお出かけ？」

布団の中でもぞもぞとしながら、眠そうな顔で私を見る。

「あ、そうなんです。今日は、クロードさまとお出かけをする約束をしていまして……」

浮かれ顔を隠せずにちょっと照れながら私がそう言うと、ナンシーさんが一瞬目を丸くして、がばりと起き上がる。

「ソフィアちゃん？　まさかとは思うけれど、その格好で？」

「は、はい」

初めて聞くような低い声。妙に凄みのある表情に、私は戸惑いながら頷いた。

そんな間の抜けた声を出した私を、ナンシーさんが頭の上からつま先までじいっと見る。

その目は微かなほころびも見逃さないという気迫に満ちていて、私は目利きの八百屋さんを前にした、ちょっと不揃いな野菜のような気持ちになった。

「ちょっとそこに座ってちょうだい」

職人のような風格を漂わせたナンシーさんが親指で鏡台の前を指し示し、厳かにそう告げた。

「もう、ソフィアちゃんったら。デートの約束をしていたのなら、先に言ってちょうだい」

頬を膨らませながら、ナンシーさんがそう言った。

「せめて昨日のうちに言ってくれたら、私特製の美容ドリンクや新作美肌パック、小顔マッサージに脚痩せストレッチに、ありとあらゆる手間をかけてあげられたのに」

ぷりぷりとお怒りのナンシーさんの横にはノエルさんが、自室から持ってきた大量の服を手に立っている。

私の持っている服があんまりにもひどいということで、嘆いたナンシーさんが隣のノエルさんに「服を貸して！」と言いに行ったのだった。

ちなみに何がとは言わないけれど、豊かなものを持っているナンシーさんと違って、私とノエルさんは些か慎ましく、控えめだ。

「まったく、折角のクロード様とのデートだっていうのに、いつものワンピースでお出かけする気だったなんて正気なの？　もっての外よ。初めてのデートをするときはね、いつもと違う自分を演出しなければだめだって、法律で決まってるんだから」

「そんな法律はありません。しかし私も今日の外出は、確かに逢引だと思います」

二人の会話に思わず目を剥いた私は、大慌てで両手と首を大きく振った。

「ち、違います！　今日は一緒に屋台に行くだけで、デッ、デートでは、断じて……！」

「ソフィアちゃん」

焦る私に、ナンシーさんがまるでだめな生き物を見るかのような目を向けながら、ゆっくりと首を振った。

「あのね、男と女が揃って出かけたなら。……それは、デートなの」

「えっ……⁉」

「これは本当よ。親兄弟でもない限り、男女揃ってのお出かけは全てがデートと言っていいわ。既婚者だろうが身分違いだろうが同性同士だろうが、それはすべてデートなの」

「そ、そうなんですか……？」

強く断言するナンシーさんの表情は真剣で、とても嘘を言っているようには見えない。

恋愛初心者仲間であるノエルさんに目を向けると、彼女は困ったように肩をすくめて、半信半疑といった表情を浮かべている。

もしかして、本当なのだろうか。そんな馬鹿なとは思いつつも、私はおそるおそる質問をした。

「で、では私が先日薬師長と薬草の仕入れに出かけたのも……⁉」

「それはノーカウントにしておきたいわね。ただの薬草の仕入れですもの」

「あ、じゃあスヴェンと一緒に調薬器具の修理に出かけたのはデートではない……」

「それは微妙なところじゃないかしら。デートのデーの字くらいまではあると思うわ」

「そうなんですか⁉」

奥が深すぎて、デートの定義がわからない。

これは難しいと言われている風邪薬の開発よりも難問なのではと私がひっそり頭を抱えていると、ナンシーさんが「とにかく」と両手をたたいた。

「クロード様と一緒に出かけるのなら、相応《ふさわ》しい格好をしていかないと。いつものそのワンピースでは絶対だめよ。屋台に行くっていうことは、広場中心？」

「あ、はい！　まずは串焼き、綿菓子、それからりんご飴を挟んで次はスパイシーなソースで炒めたという麺を食べて、それから……」

「まあ、結構食べるのね。まるで本気の食べ歩きだわ……」

「そ、そうです！　食べ歩きのために連れてってくださると……！」

私がそう言うと、ナンシーさんは「ヘタレ属性が強めなのねえ……」と意味深に呟きながら、

「それじゃあ」とにっこりとウィンクした。

「動きやすくて、食べ歩きがしやすくて、なおかつとても可愛い格好にしなくちゃね」

初めての花祭り、予習編

街の広場は、その名の通りにとても広い。

北には大きな時計台があり、広場のどこにいても時刻がわかるようになっている。

南側、その対面上に位置するのはこの国の国教であるルターリア教の女神像だ。

柔らかな表情で祈りを捧げているその像は、かつてこの世界を滅ぼそうとした悪魔の動きを封じ、世界平和に大いに貢献したのだという。

今日私は、その女神像の前で待ち合わせをしていた。

そしてその待ち合わせ場所の女神像の前に、もう既にクロードさまがいる。

花祭りに合わせて目を引く淡い色合いの髪や洋服の方々が多い中、黒髪で背の高いクロードさまは、とても目立って見えた。

「おっ、お待たせしてすみません！」

慌てて駆け寄り、がばりと深く頭を下げる。

支度に手間取り、時間がかかってしまったのだ。

「いや、時間ぴったりだ。俺も今来たところだ」

下げた後頭部の上からクロードさまの声が降ってきて、顔をあげると、ばっちりとクロードさまと目が合った。

今日のクロードさまは、いつもの騎士さまの服ではなく、街並みに溶け込むラフなシャツ姿だ。

騎士服以外のお洋服を着ているクロードさまを見たのは初めてだけれど、やはり美しい方は何を着ても似合ってしまうものだなあと、思わず惚れ惚れとしてしまう。

「……今日は、随分いつもと違うな」

「あっ……ええと、これは」

自分の体に目を落とす。

そう。今日ナンシーさんは、かなり本気で身支度を整えてくれたのだ。

お薬を作る時以外、いつもそのまま下ろしている髪は、複雑な編み込みでまとめている。

ノエルさんが「これがいいと思います」と選んでくれた真っ白なワンピースは、さらりと着心地が良いのに少しだけ大人っぽい。

やってもらった薄化粧と合わせて、いつも年齢より幼く見えてしまう私が年相応にはなれているのではないかと、少し思う。

正直に言って、別人級だ。

「ナンシーさんとノエルさん……その、王宮薬師の先輩方が、クロードさまとお出かけをするのなら恥ずかしくないようにと、身なりを整えてくれまして……」

目を逸らしてごにょごにょと言う。

デート云々《うんぬん》、という言葉は伏せてしまった。

世間一般の常識はともかく、私の認識ではデートというものは好き合っている者同士がすることで、私たちのような友情関係においては、お出かけはお出かけだと思う。

むしろデートだと意識をしたら、右手と右足が一緒に出てしまいそうだ。私の人生の生き恥を全てご存じのクロードさまに、これ以上の醜態を見せるわけにはいかない。

私がそう決意を新たにしていると、クロードさまが「いつもの格好でも、恥ずかしいことはないと思うが」と言った。

「…………ええと……今日の君も綺麗だと、そう思う」

「あ……ありがとうございます」

思いもよらない褒め言葉に、頬がどんどん熱くなる。

パタパタと両手で頬をあおぐ私に、クロードさまが若干顔を逸らしつつ、「行こうか」と言った。

「まずは串焼きだったな」

そう言って進むクロードさまの横顔を盗み見て、違和感を覚える。

いつもと服装が違うことも、そうだけれど。

何となく今日のクロードさまは、少し元気がないような気がしたのだった。


「はあ……とても、とても美味しかったです……！」

あらゆる屋台の食べ物を食べて心から満たされた私は、幸せな気持ちで嘆息をした。

「最初の串焼きは、お肉がとっても柔らかくてジューシーで……お塩と胡椒で味付けをしているだけなのに、どうしてあんなに美味しいのでしょう！　次に食べた綿菓子は、口に入れた瞬間にさっと溶けて、まるで雲を食べているようで驚きました！　りんご飴はパリッとシャリッとしていて食感と甘酸っぱさが絶妙でしたし、ニールさまの一番のおすすめというチョコレートのかかったドーナツといったら語る言葉もないほどで、口直しに食べたヤキソバの味といったらもう……パンに挟んで食べたいです」

思い出して、うっとりと幸せに浸る。

あちこちにいろんな種類の食べ物があり、それを出来立てで食べられるなんて。オルコット伯爵家にいた時の自分に教えたら、仰天してしまうことだろう。

「喜んでもらえてよかった」

クロードさまが優しく微笑む。

「結構、食べたな。食べ物は一度終わりにして、どこかで休もうか？　それとも、他に見たいところはあるか？」

「あ、えっと……」

少し躊躇う。

クロードさまはいつも通りに振る舞っているけれど、やっぱりふとした瞬間。少しだけ、元気がないように見えるのだ。もしかしたら疲れているのかもしれない。

その私の躊躇いを、何も思いつかず悩んでいるものだと思ったのか、クロードさまが「ではあれはどうだ？」と、少し離れた場所にある露店に目を向けた。

見るとそれは、アクセサリーや小物が売っているお店のようだった。

広げられた商品に日差しがあたり、ここからでもキラキラとしているのがよく見えた。

――そういえば、今日可愛くしてくれたナンシーさんとノエルさんのお二人に、何かお礼をしたいなあ……。

「あ、あの……ちょっとだけ見ても、いいですか？」

私がそう言うと、クロードさまは少しだけホッとしたように「もちろん」と頷いた。

「とても素敵なものが買えました！」

紙袋に入れた商品を抱きかかえ、「ありがとうございます」とクロードさまにお礼を言う。

「おかげさまで、お礼の品を買えました。露店には、宝石がついたものも売ってるんですね」

「ああ。あそこは露店としては、上質なものも取り扱っていたな」

そう頷くクロードさまの手にも、紙袋がある。私が真剣にお礼のいくつかを吟味している間、クロードさまも何かを買っていたらしい。

女性ものしか置いていなかったから、きっとどなたかへの贈り物なのだろう。

そう思った瞬間、なんとなく胸がもやもやと重くなるような、落ち着かない気持ちになった。

――食べすぎたかしら。

心当たりは充分にある。

こんなこともあろうかと持ってきた胃薬を取り出そうと、鞄に手を伸ばした、その時。

「！」

すれ違いざま、私のすぐ横で人が倒れた。

咄嗟にしゃがんで容体を診る。倒れたのは十三、四歳くらいの少年で、苦痛に顔を歪めて脇腹を押さえていた。

押さえた手からは血が滴っている。ほぼ間違いなく外傷だろう。

「薬師です。診察をさせてください」

一声かける。黒いシャツを捲り上げ、傷口の検分をすると、そこに現れたのは明らかに刃物由来だろう切り傷だった。

その傷口を見て一瞬驚き、少年の顔を見る。

しかし額に滲む脂汗を見て気を引き締め、「見た目ほど大きな怪我ではありません」と励ました。

「処置をします」

鞄の中から、念のためにと持ってきていた殺菌効果と止血効果のあるエンドの葉を取り出し、傷口に押し当てる。固定するため、持ってきていた包帯をきつく巻きつけた。

「す……すみません」

包帯を巻き終えた頃に、少年がそう言った。

銀髪に青い瞳がよく映える、綺麗な顔立ちの少年だ。しかしその綺麗な顔立ちも、まだ苦痛に歪んでいる。

「仕事で失敗してしまって……」

「…………そうでしたか。大丈夫ですよ。角度や位置からして、大事な内臓には傷がついていないと思われますし、出血の割に傷は浅いので」

そう微笑みながら、私は少年に昨日調合したばかりの軟膏を手渡した。

一瞬だけ（王家の管轄……）という言葉が頭をよぎったけれど、これは昨日薬師長と相談しながら作ったものなので、ギリギリのところでセーフ、ということにする。

「三時間経ったら、包帯の下の葉は外して大丈夫です。その後一日五回、この軟膏を塗り込んでください。できれば今日は安静に。それからお腹なので大丈夫かと思いますが、傷口を太陽には当てないようにしたほうが良いです。痕が残ってしまいますので。それから……お家はどこですか？お送りを……」

「……いえ。近いので。一人で帰れます。ありがとうございました」

「しかし……」

「本当に、大丈夫です」

脇腹を押さえながら頭を下げる少年は私の申し出に本気で困っていそうで、躊躇いながら頷いた。

「あの……本当に、無茶はせず、お大事に」

「はい。ありがとうございます。この恩は、いつか必ず。……あの、あなたのお名前は」

「あ……、いえ！　お気になさらず！」

慌てて手を振る。勝手に私手作りのお薬を渡してしまった手前、名前を言ってはまずいような気が、とてもする。

「そ、それでは！　あの、お大事に……！」

そうぺこりとお辞儀をして、すぐ近くにいるクロードさまに目で合図をする。

クロードさまは何かを言いたげな表情をしながら頷いたのだった。


「きょ、今日はその……色々と、すみませんでした」

帰りの馬車へと向かう途中。

少し難しい顔をしているクロードさまに、深々と頭を下げる。

「お疲れのところ付き合わせてしまったというのに……あの、色々と……」

クロードさまは、犯罪を取り締まる立場の方だ。

だというのに犯罪のギリギリアウト寄りの行為を目の前で行ってしまい、大変に面目ない。

しかしそれをきっぱりと口に出せばクロードさまが正式な共犯となってしまいそうで、私はごにょごにょと謝った。

「……あ、いや。大丈夫だ」

クロードさまがハッとしたように表情を和らげた。

「確かにアーバスノットの薬は全て王家の管轄に当たるが、君は王宮薬師だ。必要な処置に薬が必要とあれば処方するのは当然だし、今回は緊急になる。帰ってからあらためて申請すれば、何も問題はないだろう。何かあったら俺も証言する」

「ほ、本当ですか？　よかったあ……」

安心して力が抜ける。

帰ったらすぐに報告をしようと大きく安堵のため息を吐くと、クロードさまがやや躊躇いがちに、

「君の行いは、素晴らしいことだとは思うのだが」と慎重に口を開いた。

「しかし街ではああいう手口で人を引きつけ、金品を奪ったりする者もいる」

「えっ……」

「王都は人口も多く豊かだが、貧しいものが多く集まる貧民街と呼ばれる場所がある。大通りはともかく、裏路地などは治安が悪い。……そのことは陛下も気にされていて、早急に貧民救済に力を入れなければと言っていたが……そういった施策は、効果が出るまでに時間がかかる」

クロードさまが少し眉を寄せて、小さく息を吐いた。

「今回は大丈夫だったが、そういったこともあると念頭に置いてくれ」

「わ、わかりました……次は気をつけます……」

こくこくと頷くと、クロードさまが「そうしてくれ」と小さく笑った。

——けれど。そういう背景があるならなおのこと、あの男の子のことが心配だ。

心を痛めつつ、今はその気持ちを切り替えて、私はクロードさまにあらためて「ありがとうございます」と言った。

「え？」

「そういったことがあるとわかって、それでもあの時何も言わずに私の好きにさせてくださって。もしあの子が悪いことを考えていたとしたら、一緒にいるクロードさまも危険な目に遭ったかもしれないのに」

きっと、ハラハラしたのではないだろうか。そう思いながら言った私の言葉に、クロードさまが「いや」と苦笑した。

「もしもあの少年が暴漢だとしても、自分よりも体格の良い大人の男と一緒にいる女性には手を出さないだろう。……それに、もしも暴漢だとしたら、少年だろうと捕らえなければ」

「あっ、なるほど……確かに」

騎士さまらしい言葉に納得しつつ、「それでも」と私は言った。

「それを抜きにしても、クロードさまは多分私を守りつつ、治療させてくれたと思います」

たとえばあの少年が、クロードさまをはるかに超える山のように大きく屈強な男性だったとしても、黙って見守ってくれたのではないかと思う。

「本当にクロードさまは優しくて面倒見が良くて、物語に出てくる騎士さまみたいです」

護衛というだけではなく、たとえばあの少年の体調が悪くて、道端では処置が難しいとなったとき。きっとクロードさまなら私と一緒に、近くの病院まで少年を運んでくれると思う。

勿論、極力ご迷惑をおかけしないよう、何事も自力で頑張るつもりではあるけれど。

ただ、そういう優しい方だと思える方が側にいるだけで、とても安心できるのだ。

「それにクロードさまはお菓子を選ぶのもお上手なのに、今日おすすめしてくださった屋台もすべて絶品で、食べ物に関しての審美眼が超一流で……」と、優しさ以外にもクロードさまの魅力をお伝えすべく、身振り手振りを加えて熱弁を振るっていると。

はらり。結んでいた髪の毛が、首筋にかかる。

「え」

「あ」

なぜか、ナンシーさんに結ってもらった髪が崩れたのがわかった。

慌てて近くのお店の窓ガラスを覗くと、そこには大変悲惨な髪の毛になった私の姿がぼんやりと映っている。

そういえば、と思い出す。出かける前ナンシーさんに、「あまり動きすぎてはだめよ」「極力触らないようにね」などと言われていたことを。

それを忘れた私は今日、屋台を見てははしゃぎまわり、舌鼓を打つ際に首を振り、先程は慌てて怪我人の処置までしてしまったのだった。

「お、お見苦しくてすみません……」

自分の愚かさを呪いつつ、とりあえず髪の毛をほどいて手櫛で梳かしながら、私はクロードさまに謝った。

ちなみに髪紐で一つに縛る、ということしかできない私は、ピンを使ってどう頭を整えればいいのかわからず、寮につくまでこの髪の毛でいることが決定している。

顔から火が出そうとはこのことだなあと思っていると、先ほどから黙ったままだったクロードさまが、急に「ははっ」と笑う声がした。

見るとクロードさまが、おかしくて仕方がない、といったふうに笑っている。

「はは……す、すまない。先ほどはあんなに凛としていたのに、落差が激しくて……しかし、丁度よかった」

呆然としている私に、クロードさまが笑いながら先ほど購入していた紙袋を差し出した。

開けるよう促されて、戸惑いつつその紙袋を開くと。中に入っていたのは、緑色の小さな宝石がお花の形で飾られている髪留めだった。

「こ、これを私に……？」

「薬作りの時には髪を纏めるだろう？　その時にでも使えるかと思っていたが。早速使えそうで、よかった」

「し、しかしこんなに高価なものを……」

いくら露店で売っているものとはいえ、宝石がついているものは、私にとってはとても良いお値段のものだった。

申し訳なさに眉を下げると、クロードさまが「友人というものは、祝いの際に贈り物をするものだ」と言った。

「遅れたが、君の王宮薬師への就職祝いだ。ほんの気持ちだから、受け取ってほしい。女性ものの髪留めを贈る相手は、他にいないからな」

「あ……ありがとうございます」

申し訳なさは残るものの、それならばとありがたくいただくことにした。

いつか絶対にお礼をしようと心に誓いながら、いただいたばかりの髪留めで髪を留める。

「簡単に留まりました」

感動してクロードさまを見ると、「よく似合っている」と優しい顔で笑った。

その笑顔にとても嬉しくなり、私は「ありがとうございます」と何度もお礼を言った。

「う、嬉しいです……あの、お守りとして。大切な時には必ずつけます」

私がそう言うと、クロードさまは少し目を丸くして「ああ」と、嬉しそうに笑った。

女難決定

クロードさまと、お出かけをした翌日。

発注されたお薬を、王宮の端にある場所へと届けるお使いを終わらせた私は、ふう、と小さく息を吐いた。

王宮はとても広い。

万年運動不足の私は、この広い王宮内を歩きまわるだけで、ちょっと息切れをしてしまう。

しかし通りすがる方々は皆、きらびやかで重そうな服に身を包みながらも、涼しい顔で軽やかに歩いている。

さすがは淑女教育を乗り越えた方々だ。きっと落としてはならない本を、八冊は乗せて歩けるに違いない。

……私も頑張ろう。

うっかり忘れてしまっていたけれど、私は淑女教育の真っ最中。

このような体たらくでは、次回は貴重な本の上に蓋の開いたインク壺を乗せられかねない。

頭の中のヴァイオレットさまがインク壺を掲げ始めたところで、私はその妄想を打ち消すように背筋を伸ばし、一歩足を踏み出した。

その瞬間。

「ソフィア?」

「ひいっ!」

後ろから声をかけられた。

噂をすれば影がさすのか、振り向けばそこにはヴァイオレットさまが、完全なる不審者を見る目つきで立っていた。

「ヴァ、ヴァイオレットさま……!」

「ただ声をかけられただけでそんなにも驚くだなんて、注意力が足りていない証拠ね」

冷ややかな目に射竦められ、「すみません……」と縮こまる。

そんな私に数秒圧のある視線を向けたあと、ヴァイオレットさまが静かに口を開いた。

「お前は一体、ここで何をしているの?」

「あ……ええと、今は受注したお薬を、各部署に運んでくださるところへ届けてきたところです」

そう言いながら、空になったバスケットの中を見せる。

基本的にお薬は一人一人に合わせて処方するものだ。しかし中には診察が必要ないお薬もある。

たとえばちょっと寝不足な日のための、眠気や疲れをとるようなお薬や、寝つきの悪い日のための安眠できるハーブティー。そういった治療薬とまではいえないものは、人によって大きな調整が必要ないため、説明書を添えてお渡しをする。

そういったものを月に二度、発注いただいた量に合わせて持ってくるのだ。

大体こういうものは私のような新人薬師が作ることが多いのだけれど、ご指名があれば薬師長や副薬師長など、ベテランが作ることもある。

ちなみに私も、新人の割にはそこそこ指名をいただいている。しかし歴代のアーバスノットの中では指名数、最下位だそうだ。

なんでもアーバスノットの名前や陛下の命を救ったという功績と、毒物に精通した強欲悪女という噂が良い具合に打ち消し合っているのでは、というのがスヴェンやナンシーさんやノエルさんの見解だ。正直、なんともいえない気分になる。

気を取り直しつつ、私は「今日はこれでおしまいなので、今から街に出かけようと思っていました」と言った。

「お前が街に、一人で?」

ヴァイオレットさまが、意外なものを見る目で片眉をあげた後、納得したように頷いた。

「だから身嗜《みだしな》みも幼児以下のお前がそのようなものをつけているのね。髪留めの一つも持っていないと思っていたから驚いたわ」

そう言うヴァイオレットさまの目が、私の髪留めに向けられる。

これは昨日クロードさまにいただいた髪留めで、一人で街へ行くという初めての体験をする今日、気合を入れるために早速つけてきたのだった。

その髪留めにそっと触れつつ、私はちょっと照れながら頷いた。

「仰る通り、私はアクセサリーの類を持っていなかったのですが……昨日、クロードさまとお出かけに行きまして、就職祝いにといただいたんです。ちょうど髪が乱れてしまい困っていたのですが、こちらを使えばとても簡単に留められるので助かって……」

「髪が乱れた？」

ヴァイオレットさまが、密かに眉を顰めた。

その表情に、淑女としてあるまじき地雷を踏んだことを悟った私は慌てて弁解をした。

「あ、あの、私は淑女である前に薬師でありまして、あの、最近は日頃から淑女として気をつけて歩く時間も少しは増やしていたのですけれど、し、しかし緊急事態ではそうもいかないというか」

「お前は一体何を言っているの」

ヴァイオレットさまが心底嫌そうな、かつ呆れきった顔をした。

「お前の全く活きていない心がけなどどうでもよくてよ。簡潔に報告なさい」

全く活きていない心がけ……。

「はい……あの、ものすごくはしゃいでしまったことと、怪我をして倒れてしまった方がいたので、咄嗟に駆け寄って処置をしたことが原因で結っていた髪の毛が崩れてしまい……」

「広場に怪我人が？」

ヴァイオレットさまの目が、一瞬妖しげにきらめいた。

その迫力に狼狽えつつ、「お仕事で失敗をしたと仰っていましたが……」と言いかけて、私はあの傷口のことを思い出していた。

「ただ、あの傷は……」

言い淀む私に、ヴァイオレットさまは「ふうん」と何かを検分するような目を向けた。

そうしてすぐに満足そうな悪い顔で笑い、「首輪をつけていてよかったわ」と呟いた。

「首輪？」

尋ねても、ヴァイオレットさまは微笑むだけで答えない。

思わずそっと首に触れる。そこには当然ながら、何もないのだけれど。

……嫌な予感がする。

「……あの、ヴァイオレットさま。私に何か、隠していることがあったり……しますか？」

「まあ」

ヴァイオレットさまがくすくすと笑いながら「おかしなことを聞くのね」と言った。

「！　あっ、そ、そうですよね！　すみません変なことを聞いて……」

勘違いだったことにホッとした私は、次のヴァイオレットさまの言葉にぴしりと固まることになる。

「何もかもを曝けだしている人間なんて、いるわけがないでしょう？」

ヴァイオレットさまが妖艶に笑いながら、「それでは、またね」と笑った。


「女難の星かあ……」

完全に隠し事をしていそうだったヴァイオレットさまと、穏やかに私に危機を告げたフレデリック・フォスターさまの言葉とを思い出し、私は憂鬱な気持ちになった。

一体、私に降りかかる災難はどんなものになるのだろう。後で教会に行って神頼みをしてこようと思いつつ、昨日クロードさまと出かけた街の中に到着する。

一応今日街に行くことは、ナンシーさんやノエルさんには伝えている。

クロードさまへのお返しの品を買いに行く、と言っていて、もちろんそれも目的の一つではあるのだけれど。最優先にしたい事柄は、他にあった。

持ってきた鞄をぎゅっと握り締めつつ、きょろきょろと街の中を見渡す。

広場には昨日食べた、もしくは食べたかった屋台があちこち目の前に並んでいて、良い香りが漂っている。

魅力的な誘惑に後ろ髪を引かれながらも、注意深く周りを観察しながら歩いていくうちに、目的の一つである武器屋さんの近くに来ていた。

ここにはクロードさまへのお礼として、プレゼントを買いにこようと思っていたのだ。

昨日、クロードさまとのお出かけをナンシーさんとノエルさんにお礼のお渡しがてら、お返しは何が良いのか相談したところ、剣の飾り紐が良いのではと教えてもらったのだった。

なんでもナンシーさん曰く、昔から騎士さまへの贈り物は、剣の飾り紐だと相場が決まっているらしい。

無事や健康を祈願する意味があるとのことで、確かに友人としてもお礼としても、差し上げるにはぴったりだと思う。

手作りのものを渡すのが良い、とナンシーさんは力説していたのだけれど、「それは恋人や婚約者の話ではないでしょうか？」と首を傾げるノエルさんを黙殺していたので、あらぬ誤解を生まないために既製品を買うことにした。

渋るナンシーさんに頼みこみ、どうにかこうにかこの武器屋さんには飾り紐がたくさん売っていると、教えてもらったのだけれど。

「……もう少ししたら、また来よう」

広場をあと一周し、見つけられなかったらまた来よう。

お店から目を外し、回れ右をして戻ろうとしたその時だった。

「……あ、あの！」

そんな小さな声がして、振り返る。

するとほんの少し離れた路地裏から、昨日の少年が顔を出した。

「昨日、助けてくださった……薬師の方ですよね？」

本当に会えるとは思わず驚きながらも頷いて、私はその少年のところに駆け寄った。

「そうです。お怪我の具合はどうですか？」

少年の顔色や動きを見ながらそう尋ねると、少年は「大丈夫です」と目を伏せた。

「……あまり大丈夫には見えません。顔色が悪いですし、汗が滲んでいます。痛みもあるでしょうが、熱も出ているのでは？」

一般的に、怪我をした後は熱が出ることが多い。問題がない熱と感染症から来る熱があるのだけれど、どちらにせよ、安静にしていた方が良いことには変わりがない。

しかしそうもできない事情があるのだろう。

ならば余計に一度診察させていただきたいと思いつつ、私は口を開いた。

「もう一度、診察させていただけますか？　昨日は手持ちがありませんでしたが、今日は色々と使えそうなお薬を持ってきたの……で」

私がそう言いながら鞄を開こうと目を落とすと、大きな影がかかった。

「人のことより、自分の心配をした方が良かったな」

野太い声がし、振り向こうとした瞬間に太い腕が現れて、口が塞がれる。

何が起きたのかわからない頭の中で。目の前の少年の青い目が、何かを探るようにまっすぐに、私を眺めていた。

抜かりのない悪女

――リィンと、ヴァイオレットにだけ聞こえる鈴の音が響いた。

（思ったよりも、随分と早かったのね）

自室で優雅に本を読んでいたヴァイオレットは、ゆっくりと目を閉じた。

この震える鈴の音は、以前ヴァイオレットが編み出していた魔術式だ。

あらかじめ定めた条件を満たしたときに発動するよう、少し前から仕掛けていた。

胸の内で響く鈴の音に耳を澄まし、意識と魔力をその音に同調させていく。

（――捉えた）

ぱっと目を開くと同時に音を立てて本を閉じ、近くで控えていた侍女に視線を送る。

視線を受け取った侍女の一人がヴァイオレットの意を察し、素早く動いた。

「ヴァイオレット様。何かご入り用でしょうか」

「手紙の用意を」

「かしこまりました」

ヴァイオレットの言葉を受け、侍女がすかさず手紙の用意をし、ヴァイオレットに手渡した。

さらさらとペンを走らせ、書き終えた一通目の手紙を、封蝋もせず雑に封筒にしまう。

控えていた侍女の一人へ、「すぐに大聖堂のモーリスへ」と伝える。侍女は心得たように頷き、すぐさま部屋から出て行った。

手紙には即座に来いとだけ書いたので、あの男なら何を置いてもすぐにやってくるだろう。

そしてすぐに二通目の手紙を書き始める。こちらも内容はモーリス宛と同様簡素なものだが、現在の時刻を記したあとに、嫌がらせの意味を込めて殊更丁寧に封蝋をしてやった。

「これは丁度二時間後にクロードの許へ届くように。お前たちはもう下がっていいわ」

そう言いながら侍女に手紙を差し出すと、侍女たちは静かに一礼をし、部屋を出て行った。

「――さて。目的地まで、続いてくれるものかしら」

歌うように呟きながら、ヴァイオレットは優雅に微笑んだ。

◇

これは、割と大ピンチなのかもしれない。


言い訳をさせてもらうと、私も一応危ないかなあ、という気持ちは持っていた。

そのため昨日クロードさまにいただいた忠告を念頭に置いた上で、いざという時に命だけは助けてもらおうと、助かるための準備は事前にばっちりとしてきていたつもりでいたのだった。

しかしなんだか、思っていた危機と違う。

今私は路地裏の奥にある、大きいけれど古くて粗末な家の中に運ばれていた。

この部屋の隅には、怪我をしていたあの少年がいる。

彼は何の感情も読み取れない静かな顔で、この光景を観察するようにじっと見ていた。

あまり温厚ではなさそうな五、六人の男性たちに取り囲まれ、顔面蒼白で大変物騒なお話を聞いている、私のことを。

「こういう時って、指?」

「いや、手には傷をつけるなって言われてるだろ。歯とか?」

「若いうちに歯を失くすのは可哀想だなあ」

そんな会話が繰り広げられている。

『命が惜しければ金を出しな』で済むと思っていたのに、まさか人体を狙われるとは思わなかった。なんてことになったのだろうと青ざめていると、リーダー格らしきくすんだ金髪の男性が、ちらりと私に目を向ける。

「――いや、髪でいいだろう。地毛では珍しい色だから、本人だとすぐにわかる」

「それもそうか」

――本人？

それではまるで、なんだか私だから狙われたような言い方だ。

戸惑う私の顔を一人の男性が覗き込み、「ガキじゃねえか」と憐れむような顔をした。

「巻き込まれて気の毒になあ。怪我しちまったリアムの手当てをするなんて、聞いてた話より良い子なのに」と言った。

「巻き込まれる……？」

意味がわからず私が首を傾げると、先ほどの金髪の男性が「悪女の仲間だぞ」と呆れたような声を出した。

「さすがにあの女には及ばないだろうが、そいつの二つ名は『毒物に精通した強欲悪女』だそうだ。人畜無害な大人しそうな顔をして……どうせあの女と悪女同盟を組んで、恐ろしいことに精を出してるに違いない。リアムを助けようとしたのも、美少年を騙して手を出そうとしたか、売り飛ばそうとでも思っていたんだろう。それが今度は自分がエサにされ、売り飛ばされるってわけだ」

「……!!」

とんでもない誤解と不穏な言葉に、声にならない声が出た。

「ちっ、ちがっ、あの誤解で……！」

「とぼけるなよ。お前のことは聞いている」

私の言葉に、金髪の男性が苦笑した。

「なんでも生家の財産を湯水のように使って家を没落させ、継母を使用人のように扱った挙句に投獄し、異母妹を悪女の許へ売り飛ばしたらしいな。まったく……人間の所業とは思えないぜ」

「……！」

非常に心当たりがある。

断じてそれは私じゃなく、かつ誇張されてはいるものの、おおむね事実ではあるのだった。

弁解ができずに絶句する私を見て、金髪の男性は「そもそも良い奴が、ヴァイオレット・エルフォードとつるむわけがないだろう」と顔を顰めた。

「夜会でドレスの裾を踏まれただけで、一つの家を没落させるなんて正気じゃない」

「ド、ドレスの裾を踏んだだけで没落ですか……!?」

驚きに目を剥いた。

没落は聞いたことがあるけれど、そんな些細なことが原因だとは聞いていない。

「ああ。――おまけにありもしない犯罪をでっちあげて、当主夫妻を投獄。当の娘を修道院行きにしたというじゃないか」

「ドレスの裾を踏んだだけで……!?」

「そうだ、ひどい話だよな。……とはいっても、まあ。その没落した家にも、同情なんてしないがな。不思議なことに人間は、貴族でも貧民でも大抵が後ろ暗いことをしないと生きていけないんだ。こんなふうに」

そう言って金髪の男性が、私の髪を一房掴み、髪をグイっと引っ張った。

その衝撃にクロードさまから贈られた髪留めが外れて、足元にからんと落ちた。

「あっ」

思わず声を出して髪留めに目を向ける。すると男性は苛立ったように「こんな時までアクセサリーの心配とは暢気だな」と言い、いつの間に取り出したのか、眼前にナイフを突き付けた。

刃物を突き付けられて、思わず固まった次の瞬間——ぐらりと、眩暈がした。

耐えがたい眩暈に思わず顔を顰めると、金髪の男性が少しだけ同情めいた声を出した。

「ああ、怖いよな。でも大丈夫、俺たちはお前の髪を切り、エルフォード公爵家に送りつけるだけだから」

そう言いながら少し間を置き、「その後お前がどうなるのかは知らないがな」と私の髪にナイフを当てる。

「しかし少なくとも花祭りまでは、長生きできるだろうよ」

目の前がぐるぐると回る。意識が無理に引っ張られるような強い浮遊感に、思わずぐえ、と変な声が出そうになり、寸前で堪えた。

覚えのある気持ちの悪い感覚に耐えきれず目を瞑ると、体が急に重くなる。

そうして急に空気が変わったことが、肌でわかった。

パッと目を開いた瞬間。どこか不機嫌な顔の神父さまと、ばっちりと目が合った。

◇

ソフィアとモーリスが、目を合わせたその瞬間。

「――お前のような者が、いつまで私に触れているの」

その小さな部屋の中。妙な威厳を孕んだ声が、凛と響いた。

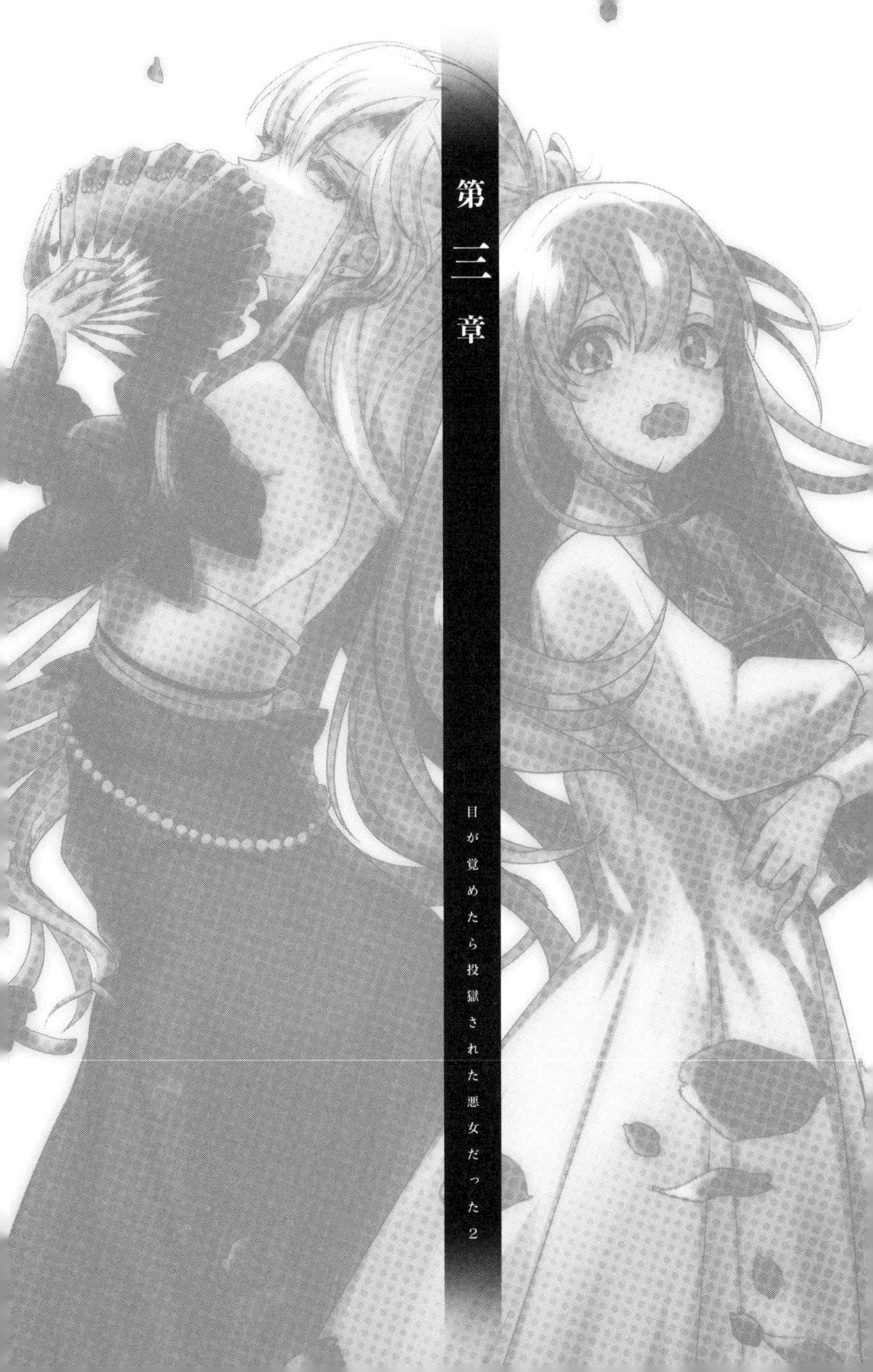

第三章

悪女

（――なんだ、空気が変わった……？）

依頼人に頼まれて攫った少女、ソフィア・オルコットの髪を掴んでいた男――カーターは、一瞬言葉を失った。

この少女には、恨みはない。むしろ彼も可愛がっている少女と見た目の年齢が近いこともあり、あくどい女だと知ってはいるが、普通の娘のように怯える姿に多少心が痛んだほどだ。

しかし周りの者に示しをつけるため、わざと恐怖心を煽ってはいたのだが。

「聞こえなかったの？」

青みがかった紫の瞳に、冷たい蔑みの色が宿っている。

「薄汚い手を離せと、この私が言っているのよ」

バシ、と髪を掴んでいた手を強く払われた。

いつものカーターであれば決して、非力な少女に叩かれようと手を離すことはなかっただろう。

しかし別人のように威厳を纏い始めた小娘に動揺し、手を離してしまった。

ハッとして、「この野郎」と凄み、少女の眼前にナイフを突き付ける。

「猫を被るならもう少し堪えていたほうが良かったな。お前、自分の状況がわかってるのか？」

冷ややかに睨みつけるが、少女はまったく動じることがない。

排除すべき不快な虫が、目の前にいる。

そんな眼差しでカーターを見据える少女に、ぞわりとした感覚が胸の内から這い上がった。

その感覚を振り切るように、カーターは口を開いた。

「お前たち貴族にとって俺たちは虫けらだろうが、お前は今その虫けらにナイフを突き付けられてるんだぜ。俺は今お前の顔をナイフで切って、鬱憤を晴らすことだってできるんだ」

カーターの言葉に怯えたのか、少女が僅かに目を伏せて——しかし次の瞬間「ふふ」と笑った。

「状況がわかっていないのは、お前たちの方ではないの」

少女がそう言いながら、獲物をいたぶる猫のような眼差しでカーターを、それから部屋中を見渡し——にっこりと、嗜虐的な笑みを浮かべた。

「没落寸前だとはいえ、私は貴族令嬢。平民が貴族令嬢を誘拐し害するだなんて死罪になってもおかしくないのに、お前たちは随分と、落ち着いているのね」

「はっ」

失笑した。このお嬢様は自分の状況を弁《わきま》えず、平民如きが貴族を害せはしまいと、勘違いしていたのだろう。

「なんだ。平民如きが貴族を害せるわけがない。今のうちに悔い改めて、減刑を願えとでも?」

妙な気迫を纏ったと思ったら、命だけは助けてやるから傷つけるなという、馬鹿げた命乞いをする気だったとは。

カーターが嘲笑を浮かべたその時、しかし少女は、「まさか」と一笑した。

「減刑を願ったところで、捕らえられたお前たちが死罪になる未来は変わらないでしょう？」

そう言いながら少女が目を細めて「お前たちに手を貸したのは、よほど財力と伝手《つて》がある者のようね」と言った。

「お前の持っているそのナイフ。その特殊な柄は、フォルタナ公国で作られているものね。平民のごろつき風情に持てるものではないわ」

目の前に突き付けられているナイフを恐れる様子もなく、少女はゆったりと告げる。

確かにこのナイフは、依頼人から手渡されたものだった。

カーターのような貧民には生涯見ることすら叶わないだろう大量の金貨をちらつかせながら、その見るからに高価なナイフを、焦げ茶色の髪にとび色の瞳をしたあの男は、『前金と合わせてこれをやろう』と言って手渡したのだった。

フォルタナ公国。その遠い国で作られているナイフが、どれほど貴重なものなのかは名前を聞いただけではよくわからない。

しかしこのナイフの柄には確かに、美しい宝石を縁どる緻密な彫刻が彫られていた。

審美眼には自信のないカーターでも、一目で非常に高価なものだとわかった。

だから、信用したのだった。

『仕事を終えたら、そのナイフの他に今見せた金貨を全て渡そう』

焦げ茶色の髪をした男は、そう言った。

『しかし……』

貴族を害せば、自分たち貧民はひとたまりもない。碌な裁判もなく死罪になって終《しま》いだろう。

喉から手が出るほど金が欲しいが、命は惜しい。仲間の命も、捨てさせるわけにはいかない。

躊躇うカーターにその男は、『心配は必要ない』と笑った。

『お前たちが攫うのは、自分の業により生家を没落させる寸前の悪女で、もはや貴族とも呼べない女だ。その証拠に今は、嫁ぐこともできず女だてらに薬師として働いている。そしてお前たちに頼みたいのは、その女を攫ったという証拠を同封し、エルフォード公爵家に送りつけることだけだ』

そう言って手渡されたのは、封がされていない手紙だった。

『お前の手駒を返してほしければ、花祭りに出席しろ』と書かれたその手紙の末尾には、絡みついた二匹の蛇の印章が押されていた。

『花祭りの当日、お前たちは広場の女神像のところへソフィア・オルコットを連れてきてくれればいい。それまで彼女を殺さずに、様子を見る。……お前たちの仕事は、それだけだ』

正直に言って、エルフォードという名前には一瞬躊躇った。

ヴァイオレット・エルフォードという名前は下町にも轟《とどろ》いている。

性悪だが、あの稀代の英雄クロムウェルを捕らえた、化け物級の魔術師だというではないか。

それにいくら悪女と言えど、年若い少女を攫うのはどうにも気がすすまなかった。

(だが。エルフォード公爵家と直接関わるのは、手紙を送るだけ……)

殺しもせず、最終的には依頼人に引き渡すだけ。

少女一人を攫うだけで、これほどの大金が手に入るのならば。

揺れ動くカーターに、男は『悪女に心を痛める必要はない』と語って聞かせ、『お前たちの安全は保証する』と言った。

『何故なら――』


「揉み消すことなどわけはない。お前たちが捕まれば、私にも迷惑がかかる――そんなことでも言われたかしら？」

記憶の中の男が言った言葉を、目の前の少女が口にした。

驚いて思わず目を見開けば、「図星のようね」と、妙に艶めかしい嘲笑を浮かべる。

「どうせそのわかりやすく高価と誇示するナイフに加えて、見せ金でも見せられたのでしょう？

――ふふ、また図星？　そうね、そういう手法は、二流の貴族がよくやるわ。そしてそういう二流はね」

少女が笑みを浮かべたまま、カーターの目を見据えて自身の首を指でトン、と指し示す。

「後始末が上手なのよね」

場に沈黙が広がった。

その静寂を愉しむように、少女がまた口を開く。

「知っていて？　金で雇われた人間は、必ず金で口を割るというのが貴族の間の定説なの」

そう言った後、今度は口元から笑みを消し、カーターを、そして部屋にいる者すべての者を見渡した。

「今まで危ない仕事を引き受けて、ひどい死を遂げた者や、行方知れずの者はいない？　――心当たりはあるようね。ええ、もちろん。その仕事を引き受けたからとは言わないわ。きっとそれがこの国の、裏の日常なのでしょう？」

歌うような口調でそう言いながら、少女はカーターの目を見据えた。

「始末をしても、その日常に埋もれてしまう。――だからこそ、お前たちに仕事を頼むのよ」

そう言いながらにっこりと笑い、「おかしいとは思わない？」と首を傾げた。

「どうして揉み消す力を持っているのに、貴族令嬢の誘拐をわざわざお前たちに頼んだのか。どうしてエルフォード公爵家に手紙を送るためだけに、お前たちを雇うのか」

「そ、それは……」

「考えられない人間ほど、利用しやすいものはないわね」

少女はそう言った後、「取引をしましょう。私に協力し役に立つというのなら、命だけは助けてあげる」と微笑んだ。

「……!?　お前、何を言って……」

「まさかお前たち、この期に及んでもまだ、この私を捕らえられたと思っているの？」

目を細めて嫣然《えんぜん》と笑う少女に、カーターは腹の底がぞっと冷えるのを感じた。

神父と悪女

一体どうして、こんなことになっているのだろう。

「はあ……入れ替わりましたか」

大きなため息を吐きながら、呆然とする私を見て、目の前の神父さまが心底嫌そうな顔をした。

「その顔で間抜けな表情を晒すのは不敬であり冒涜であり重罪です。即刻やめなさい」

おそるおそる、自身の体に目を落として絶句する。

絶対に私が身に着けないような、派手派手しい赤いドレス。

それが似合ってしまう、とんでもないスタイルの良さ。

ぱっと周りを見渡す。

馬車の中。

たった今私は、知らない場所で髪を切られそうになっていたところだったのに。

「ゆっ、夢っ、これは夢！　……いたっ！」

「!?　小娘！　その体に傷一つつけたら承知しませんよ！」

夢でありますようにと頬をつねろうとして長い指がぐさりと刺さり、痛みに頬を押さえた私に神父さまが大変お怒りになっている。

しかし私はそれどころではない。

一瞬で現状を察してくらくらする頭から、一気に血の気が引く音がした。

「しっ、神父さまっ！　こっ、これはどういう……!?」

慌てる私に、神父さまがこの世で一番愚かな人間を見るような眼差しを向けた。

「見ればわかるでしょうに。偉大なるヴァイオレット様が、あなたと体を入れ替えてくださったのです」

「そっ、それはわかってしまいましたが……！　こ、このタイミングはまずいです！」

今、私は絶体絶命の危機を迎えていた。

なぜかそのタイミングで入れ替わってしまった以上、私の代わりに今、ヴァイオレットさまがピンチを迎えてしまっているはずで。

きっと今頃ヴァイオレットさまは多くの男性に囲まれて、髪を切られて怖い思いを――……

……しているだろうか？

一瞬微妙な気持ちになったけれど、私は大きく首を振る。

いくらなんでも刃物を持った五、六人の男性相手に、立ち向かえるわけがない。

「あ、あの神父さま！　想像し辛いかもしれませんが少々大変なことになっていた時でしたので、何の準備もなく入れ替わってしまった今、いくらヴァイオレットさまでも大変な――」

「小娘」

冷ややかなため息を吐いて、神父さまが口を開いた。

「ヴァイオレット様は、お前が攫われたことを知っています。よって私たちは今、馬車でヴァイオレットさまの許へと向かっています。あと、十分足らずで着くでしょう。……まあ私は、あなたを降ろしたらさっさと帰れと命じられてしまいましたが……」

心底悔しそうに奥歯を噛み締める神父さまに、「えっ？」と首を傾げる。

「ヴァイオレットさまの許へ向かっているとは、どういうことですか……？　なぜ場所が？」

「飼い犬に首輪をつけるのは、飼い主として当然の責務だと仰っていましたが」

「か、飼い犬って、まさか私のことですか⁉」

私がそう言うと、神父さまはくわっと目を見開き、忌々しそうに「調子に乗らないでいただきたい」と吐き捨てた。今のところ、調子に乗れる要素がなくて困惑する。

「飼い犬は飼い犬でも、愛犬ではありません。ヴァイオレット様にとってあなたなど、きのこを探す豚のようなもの。つまり愛玩犬ではなくお役に立つための実用犬ということですから、お役に立つという意味では私とあなたは同レベルの存在ですよね」

「な、なるほど……？」

実用犬も愛玩犬も、可愛がられレベルは一緒なのではなどと的外れなことを思いながら頷きつつ、「あの」とおそるおそる口を開いた。

「それではつまり神父さまも、首輪？　をされているということですか？」

それならば一体、その首輪が何なのか教えていただきたい。

そう思って私が尋ねた言葉に、神父さまは「うっ」と胸を押さえ、「小娘が……」と眼光鋭く睨みながら、呪詛でも吐きそうな低い声を出した。

大変な失言だった。そう悟った私は、慌てて弁解をした。

「ちっ、ちがっ、あの、首輪というものがどんなものか知りたくてっ……きっと神父さまは首輪が必要ないくらいヴァイオレットさまに信頼されているということで、あの、羨ましいです……!?」

「……」

私の言葉に、神父さまは気を取り直したようだった。

「まあ、そうですね。確かにあの首輪は駄犬にしか必要がないかもしれません。あれはあなたが迷子になった時に発動する、位置追跡の魔術だと伺っております」

「位置追跡の魔術……」

絶句する。

確かに愛犬相手なら、迷子になったときに居場所がわかれば安心だ。

しかし問題は私が成人している人間だということと、事前のご相談がないということだ。

「女難の星とはこのこと……?」

予想よりも、はるかにダメージの少ない難だった。

確かになんというかこの隠し事は、少し人権が侵害されている、ような気はするけれど。

「何を不服そうな。そのおかげで助かったのだから良いでしょうに」

吐き捨てるかのように言う神父さまの言葉にハッとして、身を乗り出した。

「そ、それです！　私の代わりにヴァイオレットさまが大変なことに……！」

「ハッ」

私の言葉を、神父さまが鼻で笑った。

「心配は無用ですよ。ヴァイオレットさまがならず者の前に立たれたということでしょう？　それはつまり」

くい、と片眼鏡を直しながら、どこか誇らしそうにニヒルに笑う。

「罪人どもが、地獄に落とされるというだけのこと」

「じ、地獄に落とすのは私の体でですよね……!?」

まざまざと目に浮かぶ光景に背筋にぞっと悪寒が走り、私は神父さまに泣きついた。

「はっ、早く進んでくださいいい!!」

「その体で品なく喚くなど、なんたる不敬ですか!?」

目を吊り上げる神父さまに、懇々と説教されつつ。

目的地に着くまでの間、私はただただ、色々なものの無事を神様に祈り続けていたのだった。


「…………」

願い虚しく、私があの部屋に踏み込んだとき。

私の目の前には、とんでもない光景が広がっていた。

先ほどまで見下ろされていたはずの私が、今は一人椅子に座り、屈強な男性陣に傅《かしず》かれている。

皆一様にヴァイオレットさまに平伏していて、中でもリーダー格だと思われる金髪の男性――私の髪を掴んで切ろうとした男性などは、下着姿一枚だ。

もしもここに町の風紀を取り締まる騎士さまがいたならば、即座に連れて行かれるに違いない。

もちろん連れて行かれるのは、強要した側の私《ヴァイオレットさま》のはずだ。

「なっ、ななな っ……なっ……⁉」

最悪だ。予想の斜め上をはるかに突き抜ける光景だった。

強欲な悪女という呼び名も嫌だなあと思っていたのに、この上破廉恥という文字までついてしまったら、さすがに私は泣くと思う。

「ふふっ、服！　服を！　着てください！」

金髪の男性の横に綺麗に畳まれていた服を取り、あわあわと目を瞑って男性に押し付ける。

その人が顔をあげた気配がしたかと思うと、一瞬の間を置いて息を呑んだ気配が伝わり――「うわ！」と叫ばれた。

その言葉を皮切りに、男性陣が私に気付いたのか口々に「ひい！」「やべぇ！」と小声で囁きあっている。

「う、嘘だろ⁉　なんでエルフォード公爵令嬢が来るんだよ、もっとやべぇのが来たじゃねぇか……！」

「いや毒使いよりはましだろ！　もはやあれは人間じゃねぇ……！」

人間じゃないレベルの毒使いとは、まさか私だったりするのだろうか。

一体全体ヴァイオレットさまは、どんな話を、一体何をしていたのだろうか。

私が言葉もなく、絶句をしていると。

「――失礼」

聞き覚えのある、しかし何故か悪寒が走るような禍々しさを宿した低い声が、後ろから聞こえた。

いつもは安心する声なのに、今日は聞いていているだけで体が勝手に震え上がる。

「ソフィア・オルコット――彼女を攫った暴漢が、ここにいると聞いたのだが」

「ク、クロードさま?」

後ろを振り返り、どうしてここがわかったのだろうと、まじまじとクロードさまの目を見る。

珍しく髪や服装や呼吸が乱れているクロードさまは、私とヴァイオレットさまを見てしばらく固まり、深くため息を吐いたあと。

「――……なるほど。理解した」

そう小さく呟いて、じろりとヴァイオレットさまを見た。

地獄の三つ巴

一目で入れ替わりを見抜くなど、さすがはクロードさま。

私が感動していると、そんなクロードさまは私にちょっとだけ労わりの目を向けて、「暴漢はこれで全員か」と厳しい視線を男性陣に向けた。

基本的に美しい人が怒ると、とても怖い。

なんといっても騎士さま——それも騎士団長を務めるクロードさまの迫力は、私まで震え上がってしまうほど恐ろしいものだった。

暴漢と呼ばれた男性陣に至っては、言わずもがなだ。まるで一切の容赦のない地獄の門番のような視線に睨《ね》めつけられ、水を打ったように静まり返る。

特にクロードさまの視線は服を着ていない金髪の男性の前で更に鋭くなった。

不埒な生き物を見るような目に、最終的にあまり被害を受けていない私としては、金髪の男性がもはやお気の毒で仕方ない。

そんな地獄めいた空気を切り裂くように、凛とした声が響く。

「——ようこそ、ヴァイオレット・エルフォード公爵令嬢。それから……随分と早かったのですね？　クロード・ブラッドリー騎士団長？」

くすくすと笑いながら、ヴァイオレットさまの視線がクロードさまに向けられる。その笑い声の合間に、小声で「ひい」「騎士団長」「終わりだ」という声が口々に聞こえてきた。

その悲鳴をたっぷり楽しんだ——と私には見えた——後、ヴァイオレットさまが優雅に笑う。

「助けに来ていただけて光栄ですわ。しかしお手を煩わせるまでもなく、友好的に解決させていただきました。——ねえ？」

「ハイ！」

ヴァイオレットさまの妙に低い「ねえ?」の一言に、その場の全員が大きな声で返事をした。

その様子を見てクロードさまは眉を顰め「一人で来いと、手紙に書いていたな」とヴァイオレットさまに目を向けた。

「捕縛はするな、と言いたいのか」

「ええ」

にっこりと微笑むヴァイオレットさまに、ひれ伏している男性陣がハッと安堵の笑みを浮かべて。

「少なくとも、今は」

その言葉にぎょっと目を剥いた。

その様子を見たヴァイオレットさまが「あら」と目を細め、「役に立つなら、と言ったでしょう?」とにっこり笑う。

「何もせずに救ってもらえるほど、命というものは安くはなくてよ」

そこまで言ってヴァイオレットさまが、「カーター。説明を」と男性の名前を呼ぶ。

すると金髪の裸の男性が「はい」と返事をし、この事件の流れを説明し始めた。

一通りの話を聞き終え、私を誘拐した『証拠』と共に送るよう命じられた手紙を手にしたクロードさまは、一瞬だけ目を見開いて強張った表情を見せた。

「焦げ茶色の髪に、とび色の瞳をした男でした」

そう言う金髪の裸の男性——カーターさんが、そう言った。

その男性は怪我をしていたあの少年――リアムさんが、連れてきた方なのだという。

「リアムは働き者で……色んな仕事をしていますが、朝は靴磨きの仕事をしてるんですよ。その靴磨きの仕事をしている時に、良い仕事があると声をかけられたのが始まりだそうで」

「その子の傷は、誘拐計画のためにつけたものか？」

クロードさまの低い声に、軽蔑の響きを感じ取ったのだろう。

「語弊があります！」と悲鳴を上げてカーターさんが説明をした。

「俺は一回だけその男に会いましたが……その時は概要だけ聞きました。作戦も決行日も知らされず、一日目は様子見、二回目で決行、とだけ。そしてその作戦は当日リアムに伝えられたんです。俺たちはリアムが怪我をするまで、その話は知らなかった」

そう言いながら困ったようにリアムさんを見ると、彼は小さく頷いて「そうです」と答えた。

「その方は作戦が何らかの事情で外部に漏れて中止になるのが一番困ると言っていました。決行日を伝えられたのも当日です。そしてその時、無理は言わないがわざと怪我をして、ソフィア様の気を引いてほしいと言われましたので、自分で傷をつけました。その分の対価は当日いただきましたので、文句はありません」

淡々とそう言うリアムさんに、クロードさまが眉根を寄せた。

「リアムにわざと怪我をさせて様子を見て、一体何の意味があったんだか……」

そう言いながらカーターさんがヴァイオレットさまをちらっと見て、すぐに逸らした。

「……腑に落ちないところもあるが、おおむねわかった」

そう言ってクロードさまが、カーターさんから渡された手紙に再び目を落とし、沈黙する。

先ほど私も見せていただいたけれど、それはとても短い手紙だった。

『お前の手駒を返してほしければ、花祭りに出席しろ』と、そう短い文面が書かれた手紙には、二匹の蛇が絡み合う印章が押されていた。

この国では、確か蛇は商売繁盛のシンボルになっている。

そのため商会の紋章として使われることが多いモチーフだったと思うけれど、これが一体何を表しているのだろう。

まさか、この犯人のお家の紋章だったりしないだろうし。もしや罪をなすりつけたい相手の紋章だったりするのかしら……と、人としてだいぶ悪い発想をしていると、クロードさまがカーターさんに向かって「焦げ茶色の髪にとび色の瞳の男と言っていたが、他に何か特徴はあったか」と静かに尋ねた。

「その他に、ですか……」

カーターさんが少し考え、「立ち居振る舞いが……あれは貴族でした」と言った。

「だから俺たちもこの話に乗ったというか……貴族が相手でも守ってくれるのが貴族なら大丈夫かなあ、なんて思って……」

ごにょごにょと言うカーターさんがヴァイオレットさまの様子をちら、と窺ってサッと目を逸らし、「それから、体が大きかったです」と言った。

「そうか……わかった、ありがとう」

クロードさまがそう頷くと、ヴァイオレットさまが「ひとまず、もういいわ」と言った。

「とりあえず、用は終わったわ。お前たちは自室に戻りなさい」

もう解放してあげるということだろうか。

ヴァイオレットさまがあっさり男性陣を許したことに意外だなとびっくりしていると、私のその疑問を悟ったのか、ヴァイオレットさまがにっこりと「いいのよ」と微笑んだ。

「この者たちは、みんなこの家に住んでいるんですって」

「そうなのですか」

なるほど。家がここであれば、逃げようがないということだろうか。

それでも命と引き換えなら、私なら多分逃げてしまうけれど。しかしヴァイオレットさまなら、それは想定内のはず。きっと服を剥いで傅かせたことで、溜飲が下がったのだろう。

そう思い私が少しほっとした瞬間、「お前たち」とヴァイオレットさまの声が聞こえた。

「どこへ逃げようとも私から逃げようがないことくらい、わかっているものね?」

「ハイ……」

全然許していなかった。

男性陣が「それではさようなら……」「失礼します……」と、力なく笑いながら出て行く。

どうか今日はゆっくり休んでいただきたいものだと思いながら見送っていると、リアムさんがぎこちなく歩きながら進んでいく。

「……失礼します」

なんだか私に怪しいものを見るような目を向ける彼に一瞬躊躇いつつ、「はい、また」と返す。

その背中を見送っていると、小脇に自分の服を抱えたカーターさんが、「それでは俺も、失礼致します……」と頭を下げる。

そうして部屋を出ようとした、その瞬間。

「……カーター？」

ヴァイオレットさまの冷ややかな声が響いて、カーターさんが「えっ」と跳び上がる。

「お前に帰っても良いなどと、許可を出した覚えはないのだけれど」

絶対に許されない罪人を見るような目で、ヴァイオレットさまがカーターさんを睨めつけた。

「まさか私の髪に気安く触れておいて、許されると思っているの？　お前は私の手足としていつでも動けるよう、扉の前で立っていなさい」

「はい……」

カーターさん、大変だなあ……。

じわじわと追い詰められていったお父さまのことを思い出す。

私は心の中で十字を切りながら、（早めに許していただけますように……）と少し願った。

狙われたのは

「――俺は花祭りを中止にするよう、陛下に進言したほうが良いと思っている」

全員が出て行った後、クロードさまがそう言った。

テーブルの上に手紙を広げ、手紙の最後に押された印章に目を向けながら「これは数年前、ヴァイオレットが没落へと手を回した、ランネット子爵家の家紋だ」と言った。

小さく息を呑む。

それは入れ替わる前にカーターさんが言っていた、『ドレスの裾を踏んだだけで没落させた』と言っていたお家のことだろうか。

「ソフィアを誘拐したことといい、この印章を押したことといい、『手駒』という言葉を使っているあたりといい、わざとらしいほどに悪意を示しすぎている。――勿論これを計画した人間は、ヴァイオレットに明確な悪意を抱いているが」

そこまで言って一瞬言葉を切り、クロードさまがヴァイオレットさまに目を向けた。

「もしも彼がただ君を害そうと思ったのなら、悪戯に警戒を生む真似はしないだろう」

そう言われたヴァイオレットさまに動揺はなく、ただクロードさまの目を見返していた。

ずいぶんと確信をもってお話をされている、ような気がする。

もしかしてクロードさまは、犯人の人となりを知っているのだろうか。

私がそう困惑していると、クロードさまは私に向けて少し困ったような笑顔を向けた。

「ランネット子爵家の嫡男は、俺の同期だった」

「同期……騎士さまだったのですか」

「ああ」

頷きながら、クロードさまがほんの一瞬だけどこかが痛むような顔をして、口を開いた。

「共に王宮騎士を目指していたが、あと少しというところで家が没落。困窮していた両親が罪を犯していたことが発覚し、王宮騎士への道は閉ざされた。以来行方不明となっていたが……つい先日。俺が街で警護態勢の確認をしている時に現れた。焦げ茶色の髪に、とび色の瞳の男だ」

「それは……」

「少なくとも、関わっていることは間違いないだろう」

沈黙が広がる。

その沈黙を裂くように、ヴァイオレットさまが口を開いた。

「お前がそこまで確信をして、かつ花祭りを中止した方が良いというくらいだもの。何か引っかかりのある会話があったということ？」

「……ああ。ランネット子爵家の嫡男——彼はまず、君に言いたいことがあるから、予定を教えてほしいと言っていた。しかし君は、突然現れた男の言葉を聞くような人では絶対にない。そのため事前に面会を取り付けるため善処しようと言ったのだが、その後に」

クロードさまが小さく息を吐く。

「『職を失わないように気をつけろ、ある日突然降ってきた災難の責任を取らされて、居場所を奪われることがあるんだからな』――と」

「――……随分と親切な友人ではないの」

ヴァイオレットさまが、嘲笑うような笑みを浮かべた。

「お前が職を失うようなことをしでかしてやると、わざわざ忠告してくれるだなんて」

ヴァイオレットさまの言葉に、クロードさまが頷いた。

「君を――それも、君が特別目をかけていると噂されるソフィアを誘拐してまで、君をおびき寄せようとしている以上、その言葉は君への危害を示唆していると考えるのが妥当かもしれない。だが花祭りには陛下や、大聖堂の大司教も参加される。稀代の魔術師でもある君への危害よりも、俺はそちらへの危害の方が心配だ。君が狙われていると見せかけて陛下を襲う可能性や、あわよくば君もろとも、を狙っている可能性が捨てきれない。ドミニク自身が陛下に恨みを持っている可能性は低いと思うが、大金を持っていたという状況から考えて、誰か有力貴族と共謀しているという可能性もある」

先ほどから二人の会話を聞いて何とか状況を呑み込むのに精いっぱいの私でも、クロードさまの言葉はその通りだと思えた。

過去の戦争で、万の敵を退けたとされる大公を、ヴァイオレットさまは捕まえたのだ。

そんなヴァイオレットさまにわざわざ警戒されるような手紙を送るだろうかと考えたら、私なら絶対に送らない。

私が小心者だということもあるけれど、きっと命知らず以外の大体の人間が、不意打ちという手を選ぶのではないだろうか。

いやでもしかし、お相手は元騎士さま。高潔な方だという可能性もあるけれど、いやいや高潔ならば誘拐という手は使わない気もするし……と考えこんでいると、クロードさまが言葉を続けた。

「警備は、万全を期している。しかしいくら穴がないと思っても——いや、穴がないと思う時こそ、危険は必ず潜んでいる。陛下をはじめとする誰かに危害が及ぶ可能性があるのなら、俺は開催しないという大事を取るべきだと思う。警備を司る騎士団長としてそう進言するのは、逃げと謗《そし》られても仕方がないが」

「お前のその潔い情けなさは、自らを完璧だと自負する者よりはややマシね」

そう言いながら、ヴァイオレットさまが、「けれどね、クロード」と目を細めた。

「国王というものは、侮られた瞬間に死ぬものよ」

その言葉の静けさに、思わず息を呑む。

「……」

「王家のスキャンダルによって王位交代となった今、ヨハネスの地盤はあれの頭よりもゆるい。そんな中、毎年盛大に行われる花祭りにヨハネスの参加が決まり、その途端に脅迫状が届いたために花祭りを中止にした——そのようなことが『噂』ででも流れたら、どんなことになると思う？」

合間に挟まれた不敬な言葉に大きく顔を顰めつつ、クロードさまは一瞬口をつぐみ、また静かに口を開いた。

「……反国王派の仕業かと、そう思う者が出てくるだろうな」

「ええ。そしてその反国王派の声は、毎年国民が待ち望んでいる花祭りを潰すほどのものだったのだと、民衆に知らしめることになるでしょうね」

「……？」

どうして、そうなるのだろう……？

二人の会話に、私は静かに困惑をし、「あのう……」と手をあげた。

「その脅迫状は私を誘拐したという報告書であり、ヴァイオレットさまへのお呼び出しになるのですから、陛下の統治と関係ないのでは……？」

「馬鹿娘」

私の言葉にヴァイオレットさまが、呆れ果てたというようにため息を吐く。

「実際の理由が本当だろうとそうでなかろうとどうでも良いのよ。警備上の問題があって花祭りが中止になった――その事実だけで、噂はつくれるの。特に噂上手な者ならね」

「噂上手……それではヴァイオレットさまは、噂を流すのが苦手なのですか？　すごく意外で……あっ」

ついするりと出てしまった言葉に、慌てて口を押さえるが、時は既に遅かった。

ヴァイオレットさまがそれはそれは美しく、恐ろしい瞳で微笑んでいる。

横にいるクロードさまに目を向けると、クロードさまは額を手で押さえ、『もう手の施しようがない』という顔をなさっていた。

「――まあ、ふふ。こんなに侮られたのは、初めての経験だわ。私が、噂を流すのが下手？　つまり、手回しが下手だと言いたいのかしら」

「ちっ、ちちっ、ちがっ」

「自らのこのこと攫われにいき、手立てのないまま危機を迎えた有能な小娘は、やはり言うことが違うわね。――この私が犯人の挑発に屈して花祭りを中止させたと、そんな噂を自ら流せと？」

「そっ、そんな発想に……!?　そんなつもりではなかったんです、すっ、すみませんすみません」

怒りを灯した紫色の目を、ヴァイオレットさまがゆっくりと細める。

あわあわと唇を震わせながら、私は自分の運命を悟った。

私はもう知っている。ヴァイオレットさまがあの目をなさる時は、相手の心をこてんぱんに叩き折る時なのだ。


「まったく……少しは物を考えて喋ることね」

涙ながらに滔々と反省の弁を述べ声が枯れた頃、クロードさまの必死の執り成しもあって無事に許しを得た私は、「ハイ……」と深く頷いた。

「大体、お前も貧民街のならず者に誘拐されたと一言でも吹聴されてご覧なさい。今後一生、令嬢として扱われることはないわよ。強欲悪女と呼ばれるだけでは飽き足らないの？」

「考えが足りず、大変面目ありません……」

「わかればいいのよ」

二度と失言はするまいと、そう固く心に誓う。

そんな私を冷ややかに一瞥しながら、ヴァイオレットさまが一瞬間を置いて口を開いた。

「――まあ、それはそれとして。今言ったような説明は抜きにしても、私はこの手紙を出せと命じた者の挑発に乗ってあげなければと思っているの」

「……しかし」

「クロード。相手がどんなに大それたことを考えていようと――いいえ、大それたことを考えているのならば猶のこと、早々に芽は摘み取っておいた方が楽ではなくて？　それに、せっかくここまで丁寧にお膳立てをしてくれたのだから、特等席でその舞台を拝見して――ふふ、お礼に愉しい幕引きを、プレゼントして差し上げたいわ」

にっこりと邪悪に笑いながら、ヴァイオレットさまがクロードさまに目を向けた。

「お前がヨハネスを心配していることはわかるわ。それから、この私のことも多少ね。だけど親愛なる騎士団長様は、この私が稀代の魔術師ということをお忘れかしら？」

獰猛な肉食獣の眼差しを艶やかな笑みで彩り、ヴァイオレットさまが小首を傾げた。

「わが身どころか、その場にいるすべての者を守ることなどわけがないわ。――私をこうして挑発するとどんなことになるのか、身をもって教えてあげなければ」

心底楽しそうにそう言うヴァイオレットさまを見ながら、私は背筋がひんやりと寒くなっていくのを感じたのだった。

「――陛下には、今日のことは仔細漏らさずすべてを報告する。そのうえでどうなさるか、その判断は陛下がお決めになることだ」

ヴァイオレットさまとの話し合いを終えた後、クロードさまが苦渋の決断といった面持ちでそう言った。

「ええ。けれど結局ヨハネスも、私の意見に賛成するはずよ。あの男は自分の立場をよく知っているし――愚かにも、お前を信じているから」

話し合いの結果。私とヴァイオレットさまは、花祭りまでの一週間、ここにいることになった。

誘拐されているはずの私が寮に帰ることも、花祭りの日まで私が一人ここで過ごすのも、どちらも好ましくはないというのがヴァイオレットさまの見解だった。その通りだと思う。

とはいえ私と入れ替わったままのヴァイオレットさまを、一人ここに残したくない。

とても思い悩んだ末の、苦渋の大決断だった。

ヴァイオレットさまはご自分の家にクロードさまを通してお手紙を渡すようだけれど、誘拐されている設定の私は誰にも連絡が取れない。

きっと一週間の間、王宮薬師の面々にとても心配をかけてしまうだろう。心が痛い。

それに何より……私とヴァイオレットさまは、今日から一週間寝食を共にするのだ。

正直に言って、今から大変胃が痛い。

ちなみに先ほど部屋の外で待機していたカーターさんを呼び出して、ヴァイオレットさまが「一週間ここにいるから泊まれるように部屋を整えろ」と命じたところ、彼はこの世の終わりだとでもいうような真っ青な顔をして、ふらふらと出て行ってしまった。大変お気の毒なことだと思う。

先ほどまでは、あんなに雄々しかったのに……。肩を落とすカーターさんの背中を見送りながら、私はふと浮かんだ疑問を口にした。

「そういえばヴァイオレットさま、どうやってあの方たちを撃退なさったのですか……？　私と入れ替わった時、割と絶体絶命の状況だったような気がするのですが……」

「絶体絶命の状況？」

「絶体絶命は言い過ぎました」

急に険しい顔をしたクロードさまに、慌てて首を振る。

嘘は言っていない。きっとあの流れでは、最悪の展開でも丸坊主くらいですんだと思う。私の令嬢人生だけが、少々大ピンチを迎えていただけのことだった。

胡乱気《うろんげ》な目を向けるクロードさまから若干目を逸らす私に、ヴァイオレットさまが「簡単なことよ」と口を開いた。

「あの者たちはフォルタナ公国のナイフを持っていたの。だからそういうものを仕入れられる貴族にとって、お前たちは死罪が前提の捨て駒よ、と教えてあげたのよ。それで捕縛と引き換えに、従うよう命じたの」

すごい。

あの状況でナイフの産地を把握して、冷静に脅し返すとは。

私が賞賛と恐れを交えた瞳でヴァイオレットさまを見ていると、クロードさまが訝しげな声を出した。

「フォルタナ公国のナイフは、貴族との繋がりがなくても持てるだろう？　——確かに、高価な品ではあるが」

「それをあの者たちが知っていると？　もしもたとえ知っていたとしても、宝石が希少だとかその彫刻は王室に献上されることを表すものだとか、特別なものと思わせる方法などいくらでもあるわ。嘘だろうが何だろうが、大切なのは言葉に説得力を持たせることよ」

つまりハッタリ一つで、あの局面を切り抜けたということだろうか……？

驚きに目を限界まで見開く私に、ヴァイオレットさまは妖艶に微笑んで、「覚えておきなさい」と言った。

「貴族とはどのような状況下に於いても、思い通りに場を切り抜けられるものなのよ」

それは、貴族だからではないと思います。

ついそんな心の声が口から出そうになり、不用意なことは口走らないと決めた私はなんとかその言葉を呑み込む。

そして呑み込んだ瞬間に放たれた、爆弾発言に頭が真っ白になった。

「ああ、それから。お前の毒物に精通している悪女という噂を利用して、お前の血にはそれは凄い猛毒が流れているとも教えてあげたわ」

「⁉⁉⁉⁉⁉⁉」

「この体を流れる血に触れたものは一瞬にして体が腐り果てて死ぬと、そう教えてやったの」

「なっ……ななっ……⁉」

愕然とする。口をぱくぱくと開ける私に、ヴァイオレットさまが「とても良い護身術でしょう？」とにっこり笑った。

「そっ、それをっ、カーターさん方は信じてしまったのですか……⁉」

いくらヴァイオレットさまのお話に呑まれてしまったとはいえ。さすがにそれはピュアだというか、人を簡単に信じてしまいすぎではないだろうか。

一体どこの世界に、体を流れる血液が猛毒化している人間がいるというのだろう。

そう思いながら私は先ほどどなたかが言った『毒使いよりマシだろ、人間じゃねえよ』という言葉を思い出していた。

「まっ、まさかヴァイオレットさま、魔術を……？」

「まさか。魔術は、魂と体が一致していないと使えないのよ」

さらりとそう言うヴァイオレットさまに、では何をしたのかとは聞けなかった。

わかっていることはただ一つ。

私の噂が今日この時を経て、『人間じゃないレベルの毒使い』に進化したということだけだった。

「……では、クロードさま。ヴァイオレットさま。私は一旦下がらせていただきます」

床に落ちていた鞄や髪留めを拾ったあと、私は憂鬱な気持ちを振り切って頭を下げた。

ヴァイオレットさまに寝床が整ったのか確認を命じられたということもあるけれど、そもそもここに来た目的を遂げなければ、誘拐された甲斐がない。

そんな私にクロードさまが、大層心配そうな表情を見せる。

「ソフィア。くれぐれも、くれぐれも無理はしないように」

「はい！　お気遣いありがとうございます。クロードさまも、お気をつけて」

私がそう言うとクロードさまは「気をつけるのは君の方だ」と、少し眉根を寄せ、腕利きの尋問官のような顔で静かに口を開いた。

「先ほどヴァイオレットが言った『自らのこのこと攫われにいった』という言葉に対しての説明は、この事件が解決した後、たっぷり聞かせてもらいたい」

「はい……」

まさか有り金を全部鞄の中に入れておき、強盗がきたらお金を払って見逃していただこうと思っていただなんて、絶対に言えそうにない。

この事件が終わる頃には忘れていてくれますように……と思いながら、私はもう一度お辞儀をして、足取り重くどこかにいるカーターさんを捜しに向かったのだった。

◇

部屋を出て行くソフィアの後ろ姿を見送って、クロードはヴァイオレットに目を向けた。

青みがかった紫色の瞳が、クロードの視線を受け止める。

視線での攻防が続いたが、先に口を開いたのはクロードだった。

「――八年前のランネット子爵家の没落について、本当のことが知りたい」

微かに眉を顰めるヴァイオレットに、クロードは構わず続けた。

「ドレスの裾を踏んだだけの令嬢を修道院に送りつけ、生家を没落へと追い込む。昔の俺は、君ならやるだろうと思っていた。いや、実際やったのだと思っていた」

一瞬目を伏せ、「しかし、先入観を持たずに考えてみれば」と続ける。

「君は基本的に、受けた仕打ちは当人に返す。いくら失礼なことをされても、家族を巻き込むような仕打ちは――いや、『どういう育て方をしているのか』から始まる罵声を浴びせたことや、仲裁に入った人間に腹を立てて夜会から追い出したことなどは俺の知っているだけで百数十回はあったが、しかし……当人以外に直接手出しすることは、一度もなかったように思う」

そこまで言ってクロードは、苦い気持ちで「俺は君を、少し誤解していた」と言った。

「そのことを、心から謝罪する。その上で八年前。あの時一体何があったのかを、教えてくれないか」

まっすぐヴァイオレットに目を向ける。

彼女は暫《しば》し何の感情もなくクロードの顔を見て、口元にだけ笑みを浮かべた。

「お前が、私に頭を下げる姿を見るなんて痛快ね」

そう言いながらゆっくりと目を細め、「嫌よ」とクロードの目を射貫く。

「私は、私の益になることしかしたくないの。お前とその友人とやらの確執に何の興味もないし、八年前の事件を感傷的に調べたとして、それがこの事件の解決の糸口になるとも思わないわ」

捕らえてしまえば終わりだというのに、わざわざ掘り起こすようなことでもない。

そう言うヴァイオレットを、クロードは冷静に観察し――口を開いた。

「……その物言いだと、少なくとも裾を踏まれただけではなさそうだな」

クロードの言葉に、ヴァイオレットが僅かに眉を顰める。

その姿に目を向けながら、「よくわかった」と独り言ち、全力で走って乱れた服装を、軽く整えた。

「俺も戻る。陛下に急ぎ報告をしなければ」

「――……八年前の事件を調べ直す気なのでしょうけれど」

ヴァイオレットが皮肉気に、嫣然とした笑みを浮かべる。

「騎士団長様は随分余裕なのね。花祭り本番、全ての手柄が私に取られることになるでしょうに」

ヴァイオレットの言葉に、クロードは口元にだけ笑みを浮かべた。

「――君だけに全てを任せきりにしないために調べるんだ。余裕はない」

そう言いながら背を向けて、足早に扉へと向かう。

ドアノブに手を伸ばした瞬間、一瞬だけ足を止め、振り向かないまま「ヴァイオレット」と名を呼んだ。

「ソフィアを、頼む」

ヴァイオレットの返事を待たず、クロードがそのまま出て行く。

一人部屋に残ったヴァイオレットは不快に顔を顰め、ため息を吐いた。

実際のところ現時点では友人枠でしかないくせに、まるで夫気取りではないか。

「あの男からの頼まれ事など、決して叶えたくないというのに」

これでは、あの男の希望を叶えることになるではないか。

やはりあの男は嫌いだと、ヴァイオレットはあらためて思った。

薬師見習いの悪女です

コンコン、と扉をノックする。

すると一瞬の間を置いて中から出てきたのは、あまり顔色が良くないリアムさんだった。

私の姿を見たリアムさんは、微かに表情を変える。

予想通りだけれどそうであってほしくはなかった、というような微妙な表情だ。

「お休み中にすみません。あの、カーターさんからお部屋の場所を聞きまして」

先ほど南向きの一番広いお部屋——カーターさんのお部屋らしい——を、ヴァイオレットさまに明け渡すべく一生懸命お掃除しているカーターさんを見つけ、リアムさんのお部屋の場所を聞いたのだった。

「ええと、ソ、ソフィアさまから、お怪我をなさっていると聞きました。お薬をお持ちしましたので、手当てをさせていただけませんか？」

私がそう言うと、リアムさんはたっぷり五秒ほど時間を置き「結構です」と張り付けた笑みを浮かべた。

「公爵令嬢のお手を煩わせるほどの怪我ではございません。どうぞお捨て置きください」

丁寧にそう言われ、なんだか申し訳ない気持ちになる。

とにかく帰ってほしい、そんな気持ちが伝わってくるのだ。

しかし、薬師としてここで引き下がるわけにはいかない。良心がちくちく痛むのを感じながらも、私は最終手段を使うことにした。

「……ええと、ソフィア、さまがものすごくリアムさんのお怪我を気にされていまして。あの、一応薬師の手ほどきなどを受けている私でよければ、簡単な治療はできるかなあ、と。もしも私の治療がお嫌でしたら……ええと、……ソフィアさまが、来てしまうかもしれないそうなのですが」

病人を脅迫なんて、私も人でなしになったものだ。

「…………どうぞ」

しかし効果は抜群のようで、リアムさんが観念したように扉を大きく開いてくれた。

無理やり中に入ってごめんなさい、騙してしまってごめんなさい……と心の中で懺悔しつつ、私はリアムさんのお部屋に入る。

小さいけれど、物の少ない整頓されたお部屋だった。小さな机と椅子があり、それからベッドがある。そのベッドの近くには他のお部屋に繋がっているのか物置だったりするのか、入口とは違う扉があった。

「それでは、ええと……椅子に座っていただけますか？」

リアムさんには椅子に座ってもらい、診察を始める。

予想通り熱が出ている。傷口の状態も、決して良いとは言えなかった。

「……熱が高いですね。怪我をした後の熱は、必ずしも悪いもの、というわけではないのですが、しかしこれは感染症が心配です。ええと、わた……ソフィアさまが昨日お渡ししたお薬は、もしかしてお使いではないですか？」

「……はい、無くしました」

「なるほど、わかりました」

なるべく気にさせないよう微笑みつつ、リアムさんの気まずそうなその表情に、私はもしかして……とある疑問がむくむくと浮かんできた。

もしや毒物に精通した悪女から貰うお薬が、怖かったのではないだろうかと。

そもそもだけれど、知らない人から貰った知らないお薬は、怖くて使えないのかもしれない。

遠い昔にお母さまから『知らない人から食べ物を貰ってはいけませんよ』と言われた時のことを思い出し、私は少し反省をした。

——それならば今も、怖いだろうなあ……。

ちらりとリアムさんを盗み見る。彼はとても警戒心に満ちた表情をしていて、精神的に信頼関係を築く百歩前の距離にいることが、私にもよくわかった。

治療をするならば、信頼関係が必要だ。少なくとも『この人怖い』と思われては、うまくいくものもいかないだろう。

良い薬師の条件は、まず病状とお薬についてしっかりと説明することだと薬師長から教わっている。

私は手早く処置を進めながら、「このお薬は」と、お薬について詳しく説明をしようと口を開いた。

「春一番に採れた薬草を、たっぷり使って作り上げたお薬です。なんだかこう、良い匂いがしますでしょう？」

私がそう言うと、リアムさんは少しだけ鼻を動かし、「そうですね」と言った。

良い匂いと思ってくれたことに嬉しくなり、手を動かしつつ、私は「良かったです！」と口を開いた。

「春一番の薬草というものは厳しい冬の寒さを乗り越えてきたという矜持があるのか、お顔つきも凛としているのですが、香りにもこう……誇り高さが感じられますよね」

「えっ……と。そうですね……？」

戸惑いながら頷くリアムさんの傷口に、薬を丁寧に手早く塗る。

持ってきていた包帯をぐるぐるに脇腹に巻きつけて、ふう、と一息吐いた。

会話をしながら治療ができたので、怖くないアピールは成功だった気がする。

面白さレベルでいえば底辺だったかもしれないけれど、ひとまず及第点ということにしよう。

私がやり遂げた気持ちで心をいっぱいにし、無害アピールのために他にも何か会話をしてみようかしら、と話題を探していると。

キイ。扉が開く、小さな音がした。


「……お兄ちゃん？　誰とおしゃべりしているの？」

急に声が聞こえ、驚いて振り向く。

ベッドの近くにある扉から出てきたのは、リアムさんと同じ銀髪に、紫がかった青い瞳をした女の子だった。

年齢は十歳前後だろうか。リアムさんをお兄ちゃんと呼んでいるあたり兄妹なのだろう。なるほど端正な顔立ちは、確かにリアムさんとよく似ている。

だけれどその顔立ちよりも、目がいってしまうのは、寝間着だろうワンピースから覗いている右手だった。

顔や他の部分は、年齢相応の輝くような肌だ。

しかし右腕だけが、急速に年老いてしまったとしか思えないような、枯れ木のような状態になっている。

初めて見るその症例に私が小さく息を呑むと、女の子がさっと後ろに腕を隠して、リアムさんが硬い声で「お帰り願えますか」と言った。

「僕の治療は終わりましたよね？　わざわざ治していただきありがとうございました」

硬い声だ。

その拒絶の声に、誤解されてはならないと「興味本位で見ていたわけではありません」と首を振って、私は女の子の許に近づいた。

「ちょっ」

「はじめまして。私は薬師の、ソ……ヴァイオレット・エルフォードと申します。一度診察をさせていただけませんか」

「エルフォード公爵令嬢！　あなたは薬師ではありませんよね」

「……！」

そうだった。

リアムさんの鋭い指摘に焦りつつ、「失礼しました。目指しています」と冷静な顔で言うことで事なきを得て、私は再び女の子に目を向けた。

不安そうな顔をする女の子になるべく優しく微笑みかけ、「痛みはありますか？」と尋ねる。

「う、うん……痛い、です」

「そうでしたか……痛みの強さは、どれくらいでしょう」

「すごく痛いの、眠れなくなるくらい……」

今も痛むのか、女の子が泣きそうな顔をして、左手で胸のあたりをぎゅう、と握る。

「そうでしたか。……痛いのは、辛いですよね」

「うん……」

「ではひとまず、痛み止めを。少し苦いのですが甘い蜜もありますので、一緒に飲むと美味しくって一石二鳥です！」

私の言葉に、リアムさんが「ちょっと」と困惑している。

「あっ……すみません、飲み薬は心配ですよね」

私はかばんから鎮痛薬を取り出して、「これが痛み止めなのですが」と言った。

「お年は十歳前後でしょうか？　……拝見する限り少し痩せていらっしゃいますので、量としてはこの三分の一で良いと思います。ご心配かと思いますので、私は一袋をいただきます」

そう言って口を開け、お薬をさらさらと飲み込んだ。

「ご覧の通り、毒などは入っておりません。妹さんに、飲ませてもよいでしょうか？」

私がそう言うと、リアムさんは躊躇いながら頷いた。

その頷きにホッとして、私は女の子の体格に合わせてお薬の量を調節し、蜜と混ぜあわせたものをスプーンに乗せる。

そうして女の子に手渡したあと、またもやハッと気づいて「すみません」と謝った。

「蜜の毒見がまだでしたね」

そう言いながら、別に用意していたスプーンを使って蜜を食べる。

甘くて美味しい……。

そんな場合ではないのにうっかり幸せな気持ちになりつつ、「ご覧の通り安心ですので、どうぞお召し上がりください」と女の子に勧めた。

彼女はおそるおそるといった様子で、手にしたスプーンをぱくりと口に入れた。

途端に顔がパッと輝く。

「あまい……！」

「あまいですね……！」

蜜を食べた者同士の幸福感を共有したあと。

私はリアムさんに向き直って、「もしよければ」と言った。

「私がここにいる一週間、妹さんの診察を任せていただけないでしょうか。初めて診る病ですので、治せるとはいえませんが……せめて感じている苦痛を、取り除くお手伝いはできると思います」

私の言葉に、リアムさんが困惑した顔をした。

二日目

翌朝。

「ううん……そろそろ、朝かしら……あれ？」

ぬくぬくのベッドの中。

朝日を浴びて目覚めた私は、見慣れないお部屋に一瞬驚き――昨日のことを思い出して、ふう、と息を吐いた。

そうだ。今の私は、目下誘拐され中なのだった。

とはいえ入れ替わりや脅し返してしまっていることなどを考えると、誘拐されていると言えるのかは微妙なところなのだけれど。

――ヴァイオレットさまは、どうしているかしら。

若干遠い目をしながらも、昨日、私がリアムさんの妹のルーナさんにお薬を差し上げたあとのことを思い出す。


常日頃から超一流のものに囲まれて暮らしてきたヴァイオレットさまは、どうやらカーターさんが用意したお部屋がお気に召さないご様子だった。

しかし、超一流のものを手に入れるためにはお金が必要だ。カーターさん達にそんなお金があったのなら、今私たちはここにはいない。

それに身一つで出てこられたヴァイオレットさまにも、一流のものを揃えるお金はない。

ちなみに私も少し悩みつつ、持ってきていた全財産を、半裸で叱られているカーターさんの心が救われるのなら……と差し出したのだけれど、「子どものお小遣いでは椅子一つ買えないではないの」と鼻で笑われ、受け取ってはもらえなかった。些か傷ついた。

「人生はね、どうしても手に入れると決めたものは、必ず手に入るようにできているのよ」

そんな私を気にせず、ヴァイオレットさまが無茶な論理でカーターさんを責め立てている。

しかし人生には時として、諦めなければならないこともあるのではないかしら……と私が思い、そう進言しようとした時。

「仕方ないわね」

そう小さくため息を吐いたヴァイオレットさまは、ようやくカーターさんに服を着ることを許し、その他複数人を連れて出かけてしまった。

正直に言って、とても不安な気持ちになった。今でもだ。

その後私は厨房をお借りしてお薬作りに没頭し、気付いた時には皆が寝静まっている時間になってしまっていたので、一体どうなったのかはわからない。

………とりあえず、食堂に向かおう。

まずは朝ごはんを食べて衝撃に備えようと、もそもそとベッドから下りる。

何をなさったのかは、まったく見当もつかないけれど。

きっと間違いなく、私の体では止《や》めていただきたいことのオンパレードをこれでもかとやり尽くしただろうヴァイオレットさまのお話を聞くには、体力が必要だ。

まあ、もうどんなことが起きても、あまり動じないだろうなあ……。

そんな諦めの境地に立ちつつ、私が身支度を整えて部屋から出た、その時。

「わっ……お、おはようございます」

「……おはよう、ございます」

そこには少し気まずそうな顔をしたリアムさんがいた。

軽く握られた手の位置から察するに、どうやら私の部屋の扉をノックしようとしていたところだったらしい。

「まさか起こしに来てくださったのですか？　それとも……」

あんなに近寄りたくなさそうだった私に一体何のご用事だろうと首を傾げかけて、私はハッと息を呑んだ。

「まっ、まさかルーナさんに、何か良くない変化がありましたか？　もしくは何の変化もなかったとか……？」

「っ、いえ！」

焦る私に、リアムさんが首を振る。

「……むしろ、とてもよく効きました。飲んで少し経ったあとから、痛みがすっかり消えて。……それどころか、手の調子まで少し良いような気がすると。いつも眠りが浅く苦しんでいたのに、今朝はまだぐっすりと寝ていて」

「まあ！　本当ですか!?」

「……僕は、妹のことでは嘘を吐きません」

恥じ入るように目を伏せたリアムさんが、すぐに苦し気な顔を上げて私の瞳をまっすぐに見た。

「…………こんなことを頼める義理ではないことは、わかっていますが。どうか妹を、治療していただけませんか。痛みを取るだけでも。……お金は、何があっても。一生をかけてでも、お支払いします」

「もちろんです！」

リアムさんからの願ってもない申し出に、両の手のひらを叩いて力強く頷いた。

昨日あれこれと考えていた治療薬を頭の中でぐるぐると巡らせつつ、私は何度も頷いた。

「あ、お金もいりません！　一週間泊めていただく宿代だと思っていただければ」

「……お金がいらない？」

リアムさんが戸惑いと警戒の表情を見せる。

「……失礼ですが、それでは……あなたの得となるものがないではありませんか。いえ、確かに貴族であるあなたにとって、僕に出せる金額は、一生をかけても微々たるものではあるのでしょうが」

「あ、ええと……そうですね、お金はいらないとは申し上げたのですが、一つだけお願いがあります。あ、いえしかし！　もちろんお二人が嫌だと仰るのなら、大丈夫なのですが」

「……なんでしょう」

今までで一番の警戒心を見せたリアムさんに、私は「落ち着いてから、私を本当に信用してくださってからで良いのですが」と言った。

「こういった病気があるという論文を書きたいのです」

私のお願いは、リアムさんにとって予想外の言葉であるようだった。

小さく目を見張り、戸惑ったように眉を顰めている。

「……論文？」

「はい」

頷きながら、私はリアムさんの目をまっすぐに見て口を開いた。

「ルーナさんの病気はとても珍しいものです。少なくとも私は、聞いたことがありません。――未知の病《やまい》で何が恐ろしいか。それは、情報がないことです」

「……」

思うところがあるのだろう。

リアムさんが黙って私の目を見つつ、目を伏せる。

「何が効くのか、何をすると悪化するのか。どういった経過を辿り、どう治っていくのか。世の中の、既に治療法が確立している病は様々なものがあります。原因や治療法がわかるもの、原因がわからずとも治療法はわかるものと、色々ありますが……治療法が広まっているのは、誰かが『こういった病があること、この治療法を試したところ治ったこと』を広めたからです」

「……治ることが、前提のような口ぶりなのですね」

どことなく嘲るような響きを持つ言葉に一瞬考えて、私は「薬師は、絶対という言葉を信じてはならないのですが」と慎重に口を開いた。

「けれど薬師は、必ず『絶対に治す』という気持ちを持って患者さまの治療をするものだと思います」

「……！」

私の言葉に、リアムさんが小さく息を呑んだ。

「それに何よりも。病というものは基本的に、その病気や患者さまに合った治療法を探りながら、時間をかけて治すものです。ですので治療を進めつつ、論文を書いていくことの方が多いです。治療途中ならなおのこと、こういった病気があると発表をすれば、私だけではなく他の優秀な薬師がこういった病気があるのだ、と知るきっかけにもなります。私では思いつかないような治療法を考えついて、ルーナさんの病気が治ることが、あるかもしれません」

とはいえ、とても珍しい病気だ。

他の薬師の先生方が興味を持ったら、まずは実際に目でその病を確認したいと思うだろう。

珍しい病気にかかった人の中には、人に知られたくないという思いを抱える人も珍しくはない。

そう思いつつ、私は「とはいえ」と笑顔を向けた。

「病気はとても繊細な問題ですし、リアムさんやルーナさんが少しでもお嫌であれば、無理にとは言いません。それに今私は誘拐された方の……付き人？　ですから、まずは治療をさせていただきますね。一段落ついて、もしもやってもいいなと思った時は、お声がけいただければ」

そう言いながら、私は「さて」と拳を握る。

「まずは朝ごはんをいただいて、それから早速診察を始めましょう！　昨日聞けなかったことも色々聞かせていただきますので、しっかり食べて体力をつけてくださいね」

希望と絶望

まずは腹ごなしをしようと、リアムさんと二人で、食堂に一歩足を踏み入れ――絶句した。

「おはようございます!!」

「…………!?」

号令のような朝の挨拶をしてくれた男性陣――真新しい服に身を包んでいる――が、壁の両脇に立って背筋をぴしっと伸ばして、私に深くお辞儀をした。

それに言葉を返すこともできず、私はただただ目の前の光景に仰天する。

号令だけなら、ちょっと驚きはするものの、度肝を抜かれるほどではない。

昨日一人で夕食を食べたこの食堂が、異次元に迷い込んだのだろうかと言うほどに変わっていたのだった。

「あら、おはよう」

そう優雅に微笑むヴァイオレットさまが手に持つティーカップは、『職人が丹精込めて作りました』と言いたげな、贅を尽くした絵付けが施されている。

少し手を乗せるとぐらぐらと揺れていた素朴なダイニングテーブルは、なんだか黒光りする一枚板の、高価そうなテーブルに替わっていた。

そして極めつけにはテーブルの上には、オルコット伯爵邸で一度だけ見たような豪華な朝食だ。

いつか革命を起こされる国王の食事リターンズにしばし固まりながら、私ははくはくと唇を震わせた。

「こっ……こっ、ここっ、これはっ……!?」

「既製品だけれど、これでも少しはマシでしょう?」

あそこで買うことを条件に少し妥協したの、というヴァイオレットさまが口に出したお店の名前は、そういったことに疎い私でさえも知っている、超のつく高級店だった。

昨日の今日でこんなものを揃えられる、そんな方法は。

現実的に考えて、強盗しか考えられない。

元に戻った時投獄される未来が見えて、血の気が引いた私にヴァイオレットさまが「お前は本当に愚かね」と眉を顰めた。

「お金というものは、お金の集まる場所に行けば勝手に集まってくるものなのよ」

「……？」

どうやったらお金が勝手に集まってくるのだろう……？

釣り糸に磁石を垂らして金貨を釣り上げる想像をしつつ、しかしそれって結局強盗なのではと私が悩んでいると、見かねたカーターさんが「カジノです」と言った。

「カジノ？」

「ご存じありませんでしたか」

初めて聞く言葉に首を傾げると、カーターさんが少し意外そうに眉を上げた。

「お金を賭けて、色々なゲームをする場です。負けた者は勝った者にあらかじめ決めていた金額を渡すのですが……」

そう説明を始めたカーターさんの目が途端に熱を帯び、興奮気味に昨日の様子を教えてくれた。

なんでも昨日ヴァイオレットさまが訪れたのは、国内外から強者が集まるという有名なカジノだったらしい。

誰でも受け入れる代わりに、負けた場合は容赦なく搾り取られる。

取り立ては過酷の一言だそうで、腕に自信がある方だけが集まってくるのだそうだ。

そんな中、私の姿をしたヴァイオレットさまが足を踏み入れたらどうなるのか。

『こんな貧相な小娘にゲームができるのかぁ？』

そう下卑た声で笑われ、『赤ちゃんはお家に帰って寝てな』とまで言われたらしい。

そこまで聞いて震え上がった。知らないということは、本当に恐ろしい。

そしてヴァイオレットさまはそう軽口を叩いた方々に勝負を持ち掛け、勝利。

負けが続いて呆然としているその方々を、いつものように口で煽りに煽っては更に勝負を仕掛けさせ、骨の髄までお金を毟り取ったのだという。

一切の情のないその様子に、周りはドン引きの一途かと思いきや。その勝負を見ていた方が、次々にヴァイオレットさまに勝負を挑み、連戦連勝。

その場にいたカジノ四天王と呼ばれる方々相手に次々と挑戦を仕掛けて大勝ちし、終いにはカジノのキングと呼ばれる方との勝負で有り金全部を賭けて勝利し、前代未聞の金額を手にしたそうだ。

その場はとんでもなく盛り上がり、カジノ史の歴史に残る夜の女帝の爆誕だと割れんばかりの拍手と賞賛が、カジノ場のホールに響き渡ったらしい。

「あんなに鮮やかに荒稼ぎする人間を、俺は人生で初めて見ました！」

何も言えずにただただ茫然としている私に、カーターさんが興奮冷めやらぬといった様子で何度も頷いた。

「対戦相手の心は砕いても、犯罪は犯さない！　まるで金さえも屈服し、降伏していくような……そんな錯覚さえ抱きそうなほどの荒稼ぎっぷりに、俺は身一つでも犯罪を犯さずとも大金が手に入るのだと、大変な感銘を受けました。そして同時に、天啓も受けたのです」

「て、天啓……？」

なんだか嫌な予感がしてそう呟くと、カーターさんが良い笑顔で頷きながら「その天啓が大当たりで」と、懐から色のついたガラス玉を取り出した。

窓から差し込む朝日を受けてきらめくそれは、とても綺麗だけれど。私の目には何の変哲もない、ただのガラス玉のように見える。

「これに『女王ソフィアの金運爆上げアミュレット〜これであなたも大金持ちに〜』という名前をつけまして」

「…………！」

限界まで目を剥く私にカーターさんが「それをソフィア様の横で売っただけで、ウッハウハのがっぽがぽ！」と歯を見せて笑った。

「なんとこれまでいいとこ硬いパン一個だった朝飯が、一夜にしてこれだけの肉が出せるように！」

そう言いながらカーターさんが両手を食卓に並んだご馳走に向けると、先ほどから直立不動のまま両脇に立っていた男性陣が「おおおー！」という野太い歓声をあげる。

眉を顰めたヴァイオレットさまに蠅を見るような目を向けられ、歓声はぴたりと止んだけれど。彼らの目もカーターさん同様、キラキラと輝いていた。

「今夜からも売り出し続けていく予定ですが、他にも新商品を考案中で……」

昨日まではあんなに死んでいた目に輝く希望を宿したカーターさんが小声で、次々に思いついた商品をあげていく。

切実に、やめていただきたい。

あまりの出来事にカラカラになった口でやめてほしいと、そう言おうと思うのに。

「これでようやく、腹いっぱいに食べられる、食べさせてやれる生活が手に入ります」

そんなことを言われてしまうと、やめてほしいなどとは言えるはずもなかった。

うなだれながら案内されるままに席に座り、カーターさんが甲斐甲斐しく取り分けてくれた朝食を一口食べる。

こんな時でも美味しいものは美味しいものだ。食べ物に感謝しつつ、黙々と食べ続けた。

しかしそんな私にも上機嫌に、カーターさんは興奮した面持ちで話し続ける。

「カジノ場の前で『これで勝つ！　女王ソフィアの心理戦術』なんて本を出したら売れそうじゃないですか？　ぜひヴァイオレット様にも一言寄せていただけると嬉しいです。友人である匿名公爵令嬢から見た、カジノの女帝の特別秘話！　ソフィア様が普段どのような生活をしているのか、普段から社交界でどのような舌戦を繰り広げているのか……」

普段のソフィア・オルコットは、必勝とは縁遠い世界にいる引きこもりです。

そんなことが言えるはずもなく、私は「ははは……」と乾いた笑い声をあげた。そもそもこの国に公爵令嬢は一人しかいないらしいので、匿名公爵令嬢は全然匿名ではないと思う。

どんな手を使ってでも、本だけは回避しよう。そしてヴァイオレットさまには、これ以上私の二つ名を増やさないでほしいということを、なんとかしてわかっていただこう。

そう思いながら目の前のヴァイオレットさまに、若干湿り気のある視線を送る。

するとヴァイオレットさまが涼しい顔を私に――、いや、三つ目のパンを取ろうと手を伸ばす、私の手元に目を向けて。

「――……」

ヴァイオレットさまがゆっくりと目を細めて、私のお腹に視線を動かした。

「………」

何が言いたいのか、わかりすぎるくらいよくわかる。

私は一瞬の葛藤の末、伸ばした手を泣く泣くずらし、紅茶でお腹を膨らませたのだった。

病気と兄妹

朝食を終えてすぐに、ルーナさんの部屋へと向かった。

「ルーナ」

そう名前を呼びながら、コンコン、と、リアムさんがルーナさんの部屋の扉をノックする。

するとすぐに「どうぞ！」という声が聞こえて、リアムさんがゆっくりと、慎重に扉を開いた。

「お邪魔します……」

そう言いながら静かにお部屋の中に入ると、ベッドの中で起き上がっていた可愛らしい女の子――ルーナさんが、ぱっと顔を輝かせた。

「ヴァイオレットさま！」

「おはようございます、ルーナさん。今日の気分はいかがですか？」

そう言いながら、心の中で少しだけ安堵する。リアムさんの言う通り、薬はきちんと効き、また今も効果が残っているようだ。

「昨日、お薬が効き始めた時よりは少し痛いけれど……いつもより、痛くないの！」

「良かったです！　今日も、痛み止めをお出ししますね」

幸いなことに、昨日出したお薬は効き目が優しく、習慣性――中毒性がないものだ。それがしっかり効いてくれたことに安堵しながら、私はルーナさんに笑顔を向ける。

「それから、私はルーナさんの病気に効くような……そんなお薬を作れるよう、頑張りたいと思っています。そのために、診察させていただいてもいいですか？」

「はい」

私の言葉に、ちょっとだけ緊張したような怖いような、そんな表情を見せながらルーナさんが頷いた。

「よろしくお願いします。……痛みが消えるだけでも、嬉しかったから。治らなくても、痛くないなら頑張れる」

「……それなら余計に。痛み止めが効いて、本当によかったです」

微笑みは保ったまま、私は頷いた。

あえて期待はしないようにしよう、そう考えていることがありありと伝わる言葉と表情に、胸が痛む。

——できる限り、全力で頑張ろう。

小さく息を吐いて気持ちを切り替えつつ、私は「まずはお顔から失礼しますね」と、全体的な診察を始めた。


「この病気になったのは、二年くらい前のことなの」

診察を終えたあと。

この病気について教えてほしいと言った私に、少しだけ不安そうに頷きながら、ルーナさんが説明を始めた。

それは何の前触れもない、突然のこと。

ある日の朝。経験したことのない痛みに目を覚ましたルーナさんは、まるで枯れ果てた木のような状態になっている自分の手を見たそうだ。

その部分は、触れてもほとんど感覚がないようで。

ただギリギリと締め付けられたり、力が抜けていくような、そういう痛みだけがあるそうだ。

最初は右手だけだったその部分は徐々に広がり、二年を経た今では右腕はおろか、肩や胸にまで広がっている。

肌と言うよりは木の枝に近い感触に、見たことも聞いたこともない病。

どんなお医者さまに診てもらっても原因はわからず、最終的には気味が悪いと言われ。今ではどこのお医者さまにも診てもらえなくなっていたのだという。

「だけどお兄ちゃんは、私のために色々なお薬屋さんに行ってくれて……」

リアムさんはあらゆる薬屋に行って効きそうなお薬を買い、その中から病状の進行を食い止めるお薬を見つけ出して、それを購入し続けていたそうだ。

「そのお薬を飲んでいると、少しだけ手が動くし……それから、痛みが和らぐんだけど……」

ルーナさんが言い淀む。

それはリアムさんにとってはとても高価な薬のようで、そのお薬を買うために、リアムさんは朝から夜遅くまで働き続けているらしい。

しかしそれではいつか、リアムさんの方が体を壊してしまう。

きっとルーナさんも、それを危惧しているのだろう。

実際、リアムさんが自分の体を傷つけてまでお金を手に入れたことを思いながら、私は「わかりました」と頷いた。

「まず、そのお薬はまだ残っていますか？」

「あります」

私の言葉にリアムさんが即座に立ち上がり、ベッド脇のサイドテーブルから茶色の瓶を取り出した。

薬の名前や、製作者名は書かれていない。おそらくラベルが貼ってあったのだろう箇所は剥がれていて私が首を傾げると、リアムさんが困ったように眉を下げた。

「僕たちが行ける薬屋は、貧民街の連中が行くようなところなので。……あの、正規に仕入れているものではないということで……薬屋の店主に聞けば、ある程度はわかると思いますが」

そう言うリアムさんの言葉に、そんなこともあるのかと驚きつつ、私は瓶の中から薬を取り出した。中に入っていたのは緑色の丸薬だ。

「――申し訳ないのですがこのお薬を、三つほどいただいてもいいでしょうか？」

「はい、どうぞ」

「ありがとうございます」

慎重に取り出した三粒を、持っていたハンカチに乗せる。顔を寄せて香りを嗅ぐと、まだ若い春の薬草の香りが、少しだけ漂った。

「――ファンネル、ウォームッド、コリラン……香りでわかるのは、これくらいでしょうか」

それ以外にも、色々なものが含まれていそうだ。しかし悪いものは一切入っていないようで、ホッとする。

その薬をハンカチで丁寧に包んで懐にしまい、「ありがとうございます」とお礼を言う。

「まずはルーナさんの悩みの一つを解消できるよう、頑張ってみようと思います」

私の言葉に、ルーナさんが目を丸くした。

二日目・午後

「いかがでしょうか」

亜麻色に染めた髪が見えるよう、手櫛で髪をふわりとはらう。

「この亜麻色の髪なら、私を『ヴァイオレット・エルフォード』だと思う方は、誰もいないと思います」

「――そうね」

私の言葉に、ヴァイオレットさまが静かな表情で頷いた。

「確かに今のお前は、色々な意味で『ヴァイオレット・エルフォード』には見えないわ」

「そうですよね！」

満面の笑みでこくこくこくと何度も頷くと、ヴァイオレットさまがやや鼻白んだ顔をした。

「すごい。普通の染め粉と違って、これはとても自然ですね」

ヴァイオレットさまに淹れたての紅茶を差し出したカーターさんが、感嘆の声をあげた。

「普通の髪染め剤は固まったりごわごわとしたり、いかにも『染めました』って感じの質感になるんですが――これは、まるで生まれた時からこの色だったみたいだ」

「そうなんです。とにかく自然な地毛に近づけるよう、さらさらとした手触りを保てるように調合に工夫をしました」

こだわりポイントを見抜いてもらい、つい得意気に胸を張る。

「しかもこの染め剤の良いところは、他の染め剤と違ってただ濡らしただけでは色は落ちません。しかし……こちらのお薬をお湯に溶いたもので洗うだけで、すぐに色が落ちるのです」

「今の花祭りの季節にぴったりですね！　高く売れそうだな……」

目利きの商人のような目をするカーターさんに、私は「ある程度色々な色も作れますよ」と言った。

「手間はかかりますが、材料自体はありふれたものです。後でレシピを差し上げ……」

「それでお前は」

私の言葉を遮って、ヴァイオレットさまがやや呆れた声を出した。

「髪を染めて変装をし、まさか薬屋にでも行きたいと言うのかしら？」

「そ、その通りです……」

何も言ってないうちから行先まで当てられ、驚きに動揺しつつ頷いた。


本来ここにいてはいけないヴァイオレットさまである私が、どうしても外に行きたいと思ったのには理由がある。

今朝お薬をいただいた私は、まずはそのお薬を徹底的に解析することにした。

ルーナさんやリアムさんの体のためにも、せめて同じ、もしくは似たような効能のお薬が作れないかと考えたからだ。

そのため、まずはどのような材料や配合でできているのかを徹底的に調べあげた。どうやらこのお薬は傷ついた肌や筋肉を修復したり、体内の毒素を排出する効果があるようだ。

そうしてとことん調べたあとに――あまりにも美しい調合に、思わずため息が出た。

そのお薬は思わずため息が出てしまうほど、それぞれの薬効を最大限に引き出す完璧な――そして何故か、どこか懐かしい癖を感じさせるような調合だった。

調合には薬師の癖が出るものだ。

これほどのお薬を作る方ならば、きっとさぞかし名のある方に違いない。

おそらく以前論文や本で目にしたことのある高名な薬師の方が作ったのだろうと思いつつ、材料を洗い出した。

その結果幸いなことに。

このお薬は比較的手に入りやすい材料で作られていることが分かったのだけれど。

「この薬にはリネという植物を乾燥させたものが必要になるのですが……こちらは非常に目利きの難しい材料でして。その葉の部位はもちろん、僅かな色の濃さ、採取した時期、干した日数でも効能が大きく変わってきます。そして熟練の薬師でも質の悪いものを掴むこともあるという大変薬師泣かせの……あ、いえ、勿論ソフィアさまはご存じだとは思いますが……」

カーターさんに不自然に思われないよう誤魔化しつつ、私はヴァイオレットさまに説明をした。

「他の材料の調達はともかく、こちらの材料に関しては自分の目で選びたく……」

何かを考えこんでいるようなヴァイオレットさまに納得していただけるかしら、と内心不安に思いつつ、そうお願いをすると。

「いいわよ」

予想外にあっさりと、ヴァイオレットさまが頷いた。

「いいんですか⁉」

「ええ」

「ありがとうございます！」

まさか快諾していただけるとは思わず、感激してお礼を言う。

「必ずや無事で帰ってきます！　――あ、どなたかと一緒に行った方が良いですか？」

「私が行くわ」

「え？」

「薬屋に行くのでしょう？　ならば薬師の私が、共に行った方が良いではないの」


「薬屋は、貧民街と大通りの境目のところにあります」

私とヴァイオレットさまの少し前を歩きながら、カーターさんがそう道案内をしてくれている。

その薬屋は、歩いて十五分ほどの距離にあるという。

「貧民街の連中は病気を呼ぶって言われてますから、行ける薬屋は貴重です。高くて買えないものも多いんですけどね」

カーターさんのその説明を聞きながら、私は今歩いている街並みを、そっと眺めていた。

最初にここに連れられて来たときは――入れ替わって急いで来たときも含めて――余裕がなく気づかなかったけれど、確かに王都の広場とは雰囲気ががらりと変わっている。

あちらこちらにゴミが散乱しているし、道を歩く人々は子どもも含めてとても痩せている方が多い。着ているものも擦り切れていて、衣食住が足りてないことが一目でわかった。

「これでもマシにはなってきたんですけどね。今の国王が貧民街に力を入れているとかで、天才薬師の作った栄養剤？　ってやつを配るようになって……ヴァイオレット様？　な、何を照れているんですか……？」

「あ、いえ、なんでもないです……」

不意打ちで褒められて照れる私に、カーターさんがやや不気味そうな目を向ける。

自分を天才だなんて自惚《うぬぼ》れたりはしないけど、少しは役に立てているのなら、それは少々照れてしまうくらい嬉しいことだ。

――とはいえ。まだまだ不充分だということは、よくわかる。

貧民街は、病気が流行りやすい。栄養不足の他、不衛生な環境がそうさせるのだ。

本で読んでいた知識を現実で見たことで胸が痛くなり、私はつい「あの」とカーターさんに向かって口を開いた。

「栄養剤で少し良くなってきたとのことですが、ここから更に衛生面を整えれば、病気になる方は格段に減るかと思うのです」

「え？」

「病気を防ぐためには、まずは栄養なのですが。次に大切なのが自身や住まいを綺麗に、清潔に保つことで……」

「無理ですよ」

ついさっきまで陽気に振る舞っていたカーターさんが、静かな口調で言った。

「貴族のお嬢さんにはわからないでしょうが。そんな余裕は、この町の誰にもありません。俺だってこの金があっても、自分と身内を守るだけで精一杯ですから」

その声は、怒っているわけでも、呆れているわけでもない。

ただ淡々としているその口調は、絶対に無理なのだと私に諭すような響きがあった。

私が思わず言葉を失うと、カーターさんが「ヴァイオレット様が俺たちのことを考えて言ってくださってることは、わかってますよ」と苦笑した。

「ただ、住む世界が違えば出来ることが全く変わります。貴族の暮らしは俺たちにとって、空を飛ぶくらい非現実的なことで――」

「ならば、お金が手に入るのならばどう？」

カーターさんの言葉を遮り、ヴァイオレットさまがそう言った。

私とカーターさんはその言葉に面食らう。

「え？」

「貴族とまでは言えないけれど、清潔にしているだけで実入りの良い仕事が手に入るのならば、ここの住人はやるかしら?」

「そ、そりゃあ……やるとは思いますが」

唐突なヴァイオレットさまの言葉に、カーターさんが困惑しつつ頷いた。

その様子を満足そうに眺め、ヴァイオレットさまが口を開いた。

「では私が、その実入りの良い仕事を与えましょう。とはいえ私は、自分の益にならないことは——それも生半可な益では、決して動かないと決めているの。だからその分の対価は、きっちりといただくけれど」

「対価、ですか。ここの連中に差し出せるものなんて、それこそ命くらいですが……一体、何をお望みですか?」

ますます困惑するカーターさんが、そう言うと。

ヴァイオレットさまが目を細めて、なんだかお腹の底がぞっと冷えるような、艶やかな悪い笑みを浮かべた。

「私達への、永遠の忠誠を」

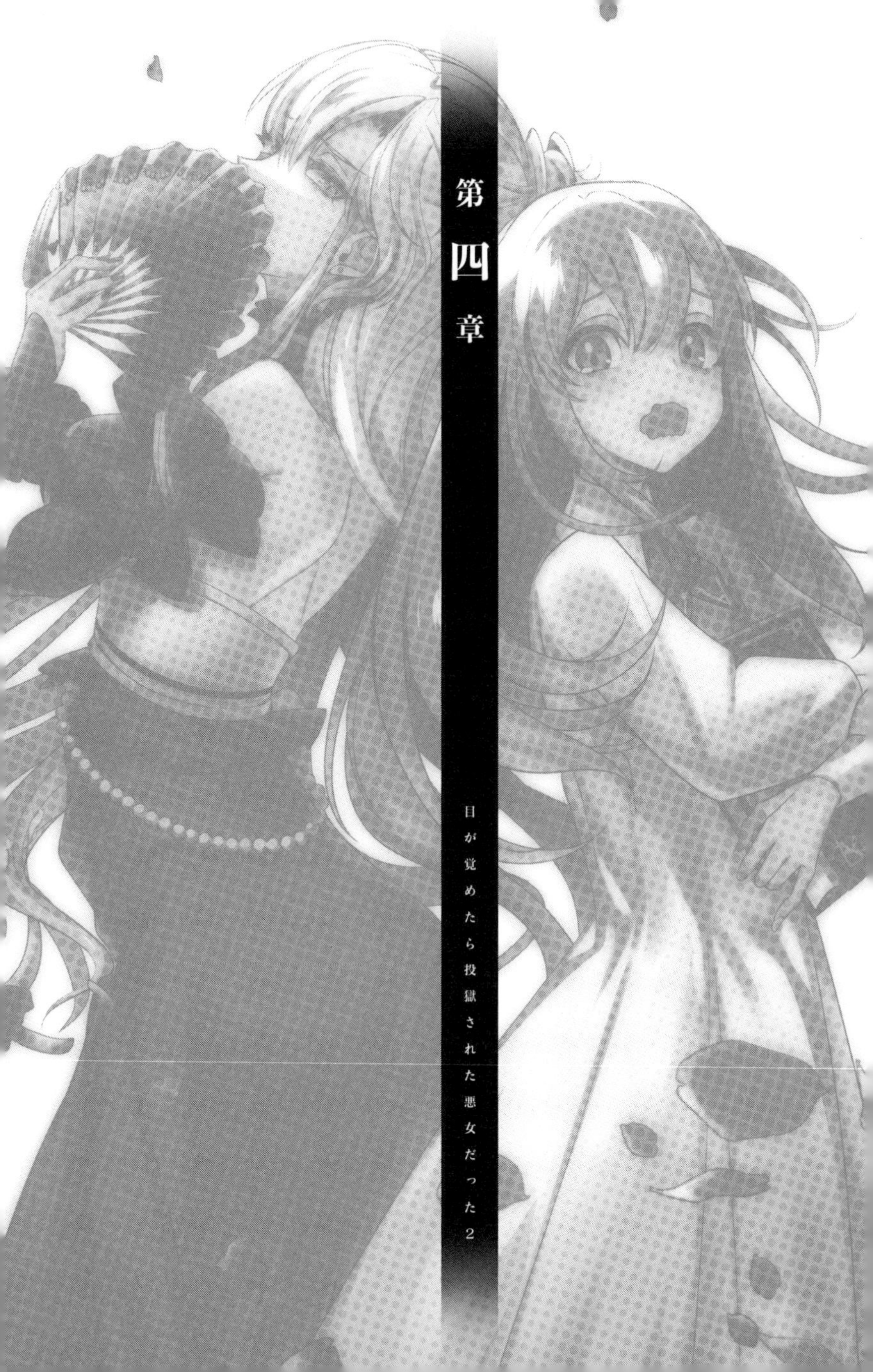
第四章
目が覚めたら投獄された悪女だった2

一攫千金

「おはようございます、ルーナちゃん」

「ヴァイオレットさま！」

今朝もルーナちゃんのお部屋に入ると、ベッドの中で起き上がっていたルーナちゃんがぱっと顔を輝かせた。

「お顔色がよくなってきましたね」

「うん！　それにね、見て！　手が動くようになったの！」

ルーナちゃんが満面の笑みで、つい先日まで動かなかった右手を握ったり開いたりする。

「ルーナちゃん……！」

感動して私が思わず両手で口元を押さえると、ルーナちゃんが「それにね」と言った。

「もう痛み止めを飲まなくても、前より痛くないの。前より少しだけ、人の肌みたいになってきたし、触られてることも、もうわかるの！」

そう言ってルーナちゃんが、私にぎゅうう、と抱きついた。

「ヴァイオレットさまのおかげよ」

嬉しくなってルーナちゃんを抱きしめ返しながらも、私は「いいえ」と首を振った。

「私一人で治そうと思ったら、こんなに早い結果は出ませんでした。これは元々飲んでいたお薬というヒントがあったからです。ですので、このお薬を作ってくださっていた方と……」

そう言いながら、既にルーナちゃんのお部屋にいたリアムさんに目を向ける。

「お仕事を頑張ってこのお薬を買ってきてくれた、リアムさん。それからちゃんと頑張ってお薬を飲んでいた、ルーナちゃんのおかげですよ！」

「ふふふ！」

ルーナちゃんがにこにこと「お兄ちゃん、ありがとう」と笑った。

リアムさんはなんだか泣きそうな顔をして小さく頷き、ルーナちゃんの頭を撫でた。

先日、薬屋で無事に材料を仕入れた私はお薬の再現に取り組み、それはすぐに成功をした。

そこからルーナちゃんに合うように調合を少し変え、出来上がったお薬が効いてきたようだ。

ルーナちゃんはこの通り少しずつ回復し、こうして「ルーナさんという呼び方は嫌よ」という可愛いことを言ってくれるようにもなった。

「リアムさんの傷の調子も良くなりましたしね」

私がそう尋ねると、リアムさんが「はい」と頷いた。

やはりお若いからか、すぐに私の診察がいらない程度には治っていたので、これで一安心だとほっと息を吐く。

ちなみにリアムさんの怪我は、それこそ仕事中の怪我だということにしている。

それでもとても心配していたルーナちゃんだけれど、傷が治るまでの間リアムさんが一緒にいてくれるということで、とても嬉しそうだった。

とはいえ、ずっと家の中にいてばかりもいられないようで。

ルーナちゃんの頭を撫でながら、リアムさんが口を開く。

「……今日は用事があって出かけてくるけど。すぐ帰ってくるから」

「うん！」

そんな二人の様子を見ながら私がほっこりしていると、リアムさんが私に深々と頭を下げ、「よろしくお願いします」と言って出て行った。

リアムさんの後ろ姿に手を振るルーナちゃんに、「いいお兄ちゃんですね」と声をかける。

「うん！」

そう頷くルーナちゃんが、私の方を見て「だから本当に、ありがとう」と笑顔を見せた。

「あのお薬を買うために、お兄ちゃんはずっと無理をしてたから……これでもう、お兄ちゃんが無理をしなくてすむもの」

「お役に立てて、本当によかったです」

心からそう思って頷くと、ルーナちゃんが「へへ」と笑った。

「本当にヴァイオレットさまとソフィアさまが来てくれてよかった！　私の病気もすごく良くなってきたし、それに……」

そう言ってルーナちゃんが、窓の外に目を向ける。

「みんな、大きな声を出して、お薬作りを頑張ってるもの」

ルーナちゃんの言う通り、窓の外からは威勢の良い声が響いている。


「一攫千金！」

「一攫千金！」

「一夜大尽！」

「一夜大尽！」

「濡れ手に粟！」

「濡れ手にあーわ！」


カーターさんが指揮を執る、清々しいほどに金欲がだだ漏れている掛け声だ。

そんな声をあげながら貧民街の方々が集まって作っているのは、私が考案した髪染め剤だ。

おりしも今は、花祭り。

手軽に綺麗に髪を染められる髪染め剤は、需要が非常に高いらしい。

とはいえ悲しいことに、貧民街の方々は差別の対象になっている。そのため急に売り出しても買ってくれる人は少ないだろうと、ヴァイオレットさまは売り方を工夫した。

まず、口が上手い方。それから綺麗な顔立ちをした方を中心に身なりをぱりっと整えさせ、街の広場で実演販売を行った。

それが効果てきめんで、用意していた商品は瞬く間にすべて売れて多くの注文が入っているという。

そのため今こうしてカーターさん達は貧民街中の人々を集めて、大量生産に励んでいる。

ちなみにヴァイオレットさまが「髪染め剤を作るには、清潔が何より大切」と吹聴してくれたおかげで、皆極力清潔を保つように心がけてくれるようになった。

このまましばらく続ければ、きっと風邪を含めた感染症の類《たぐい》はぐっと減るようになるだろう。

そんなことを思って私がほっとしていると、ルーナちゃんがしみじみと歓声をあげた。

「みんな、ヴァイオレットさまの考えたお薬で幸せになっているのね。すごい！」

「い、いえ……あれはソフィアさまがいなければ、決してお金にはなりませんでした」

私がそう言うと、ルーナちゃんは納得したように「確かにヴァイオレットさまは、お金儲けが苦手そうだものね」と言った。見抜かれていて、面目がない。

そんな私を「でも私はそんなヴァイオレットさまが好きよ」と慰めつつ、ルーナちゃんが小首を傾げた。

「それにしても、ソフィアさまは、花祭りが終わってもお金を稼げるように、貴族向けに売り込むのでしょう？　貧民街の人が作ったものが貴族の人に、本当に使ってもらえるのかしら」

「きっと使ってもらえますよ。間違いなく売れるだろう、と仰っていました」

むしろ髪染め剤を見た瞬間に、貴族向けの商品だと感じたらしい。

おしゃれに敏感な貴族令嬢なら食いつくはずだし、仮面舞踏会などでも重宝しそう、とのことだ。

仮面舞踏会って、都市伝説じゃなかったんだ。そう思っていた私には、とても思いつかない商売戦略だ。

そんなことを考えていた私の袖を、心細そうな顔のルーナちゃんが、くい、と引っ張る。

「花祭りが終わったら、ヴァイオレットさまは帰ってしまうの？」

「そうですねえ……だけど、帰ってもまた遊びにきますよ！」

そう言った瞬間にハッとする。花祭りが終わったら、私は元の体に戻るのだった。

「ええと……あの、見た目は少々変わるかもしれませんが……」

ごにょごにょと言う。

誰が何を聞いているかわからない今、『入れ替わっています』とお伝えすることはできない。

「そうなの？　でも私、どんな見た目でもヴァイオレットさまが大好きよ！」

「ルーナちゃん……！」

じーん……と心から感動する。

大公の事件のあと、入れ替わりの魔術のことを公表しても結局誰も信じなかったという悲しい結果を思い出す。

どうか花祭りの後、今貧民街に君臨しているカジノの女帝ソフィアが来ても、ルーナちゃんが私だと信じてくれますように……。

私がそう祈っていると、ルーナちゃんがどこか羨ましそうに「花祭り行きたいなあ」と遠い目をした。

「お父さんとお母さんが生きていた頃は、私も病気じゃなかったからみんなで花祭りに行ったの」

リアムさんとルーナちゃんのご両親は、ルーナちゃんが病気になる直前に事故で亡くなったらしい。

目を伏せて、少し寂し気に微笑んでいたルーナちゃんが、私を見上げてぽつりと呟いた。

「ヴァイオレットさま……私、治るかな？」

そう不安そうに見上げるルーナちゃんに、私は少し考えて慎重に答えた。

「……薬師は、絶対という言葉を使ってはいけないのですが」

そう言いながら、ルーナちゃんの顔を見る。

「ルーナちゃんの病気が治せるよう、絶対に頑張ります」

私がそう言うと、ルーナちゃんは目を見開き「うん！」と、嬉しそうに頷いた。

「じゃあ私、来年こそは花祭りに出かけるの」

「いいですね。屋台も露店も、たくさんありますもんね！　私のおすすめは、綿菓子という名前のふわふわのお菓子で……」

「うーん……それもいいんだけれど……」

なんとなく残念そうな生き物を見る目を私に向けながら、「女の子が憧れるのは花の女王様でしょう？」と目を輝かせた。

「私、いつか花の女王様になりたいの！　花の女王様の冠は紫色のお花でできているから、髪の毛は紫色に染めて、ドレスもお揃いの色にして！」

「それは確かに、ルーナちゃんによく似合いそうです」

「でしょう？　病気が治ったら、カーターお兄ちゃんにかわいいドレスを買ってもらうんだ」

そう言いながらルーナちゃんが楽しそうに「来年も陛下、来てくれるかしら？」と言った。

「大司教様に冠を乗せてもらうのもいいけれど、でも国王陛下に乗せてもらえたら嬉しいな！　だってこの国の元王太子様はとってもとってもかっこいいって、聞いたことがあったんだもの」

「ああ……確かに陛下は、綺麗なお顔立ちをしていらっしゃいました」

「わあ、やっぱり！」

とはいえ私にとってヨハネス陛下はかっこいい方というよりは、なんというか優しい方、というイメージが強い。

おそらくこれはヴァイオレットさまと言い合い——と言うよりは言いくるめられている姿を見ているせいだろう。

とても似たお顔立ちの二人なので、なんというかかっこいい、という言葉はヴァイオレットさまの方がしっくりくるかもしれない。

まあ、ヴァイオレットさまの場合はかっこいいよりも先にちょっと怖い、が来るのだけれど……。

生温《なまぬる》い気持ちでそんなことを考えていると、不意に後ろから涼やかな声が響いた。

「嫌だわ」

驚いて振り向くと、そこにいたのはヴァイオレットさまだった。

「あの節穴にそんな幻想を抱いていたら、実際に会った時幻滅してしまってよ」

「お茶にしましょう！　皆様ハーブティーでよろしいですか⁉」

大声という力業で話を逸らす。

私の体で不敬発言をするのは切実に止めていただきたいと冷や汗をかきながら、私はヴァイオレットさまの座る椅子を大急ぎで用意し、「どうぞ！」と手のひらを椅子に向けた。

優雅な動きで歩を進めたヴァイオレットさまが椅子に腰かけ、ルーナちゃんに視線を向ける。

「ごきげんよう。こうして話すのは、初めてね」

「こ、こんにちは……」

恥ずかしいのか、ルーナちゃんがもじもじとしている。

私にとっては可愛らしくてたまらない仕草だ。

しかしヴァイオレットさまの『嘆かわしい』が発動されるのではないかとハラハラする。

ヴァイオレットさまが以前、『子どもには少し甘くなってしまうのよね』と言いつつ、私の異母妹であるジュリアに刺繍を三百枚も施させたことは記憶に新しい。

お茶を手早く丁寧に淹れながら、二人に気を配っていたのだけれど。

病人だからか、それとも貴族ではないからか、はたまた自分に無礼を働いてはいないからか。ヴァイオレットさまはルーナちゃんには何も言わなかった。

心の底から意外だなあと思いつつ、私は淹れたばかりのお茶をそっと二人に差し出す。

「どうぞ、お茶です」

「わあ、今日も良い匂い！」

ルーナちゃんが両手を握り締め、うきうきといった様子でお茶を飲んだ。

今お出ししたこのお茶は、お母さま直伝のハーブティーだ。

心を癒す効能や、リラックス効果がたくさん含まれたそのお茶を、私は密かに『心が優しくなる薬』と呼んでいる。

飲むと心がほぐれるので、ヴァイオレットさまには積極的にお出ししていきたいところだ。

「実は私ね、お薬を飲むよりも、このお茶を飲んだ時の方が腕が治る気がするの。……優しい気持ちがするからかしら」

「東の国には、『病は気から』という言葉がありますが、実際にそうなのかもしれませんね。気持ちはとても大事ですので……いつでも飲めるよう、たくさんたくさん用意しておきますね」

「やったあ！」

そう笑うルーナちゃんに、なんだか心がほっこりと温かくなる。

ストレスは万病のもと。少しでも気分が上がるのであれば、何よりだ。

そんな私とルーナちゃんのお喋りを、ヴァイオレットさまが何かを観察するように、じっと見ていた。

弔い

「うーん、良い天気」

気付けば最終日となった六日目の今日は、晩春というより初夏といった暖かさだ。

私は意気揚々と中庭に出て、野草の採取を楽しんでいた。

春の終わりの気候の中。ぐんぐんと背を伸ばす野草たちには、瑞々しい活力がみなぎっている。踏まれても抜かれてもまた生えてくる、このたくましい生命力。

薬師としてはぜひあやかりたいものだと手を合わせながら、この贅沢採り放題を楽しんでいると、急に影がかかった。

驚いて振り向くと、そこには驚いた顔をした、リアムさんが立っていた。

「あっ、リアムさんでしたか」

ほうっと胸を撫でおろす。

なんせつい五日ほど前に誘拐されたばかりなので、影に対しては少々敏感な気持ちになっている。

そんな私をなんとも言えない微妙な目で見るリアムさんの手には二輪のお花があり、私は首を傾げた。

お花屋さんで買ってきただろうお花をお庭に持ってきて、何をするのだろう？

そこまで思ったところで思いつき、手のひらをポン、と叩く。

「もしかして、リアムさんは園芸に興味が？」

「え？」

「お花をお庭に持ってきているので、植えるのかと……」

挿し木といって、お花を地面に刺し、株を増やす園芸方法がある。

しかし……と私は切り花に目を向けながら、眉を下げて口を開いた。

「もしもそうでしたら、残念ながらそれは枝でないとだめでして、切り花に関してはお薬にするか食べるかといった方法が良いかと……」

「違います」

私の話をにべもなく一蹴し、リアムさんはもう一度「興味がありません」と念押しをした。

「あっ、そうですか、それは失礼しました……」

お恥ずかしい……と頬を掻く私に、リアムさんが何とも言えないような顔をする。

そして少し躊躇いを見せたあと、何かを決意したような表情のリアムさんが、「そこに」と中庭の端を指さした。

見上げるほど育ったミモザの木が生えているそこに目を向けると、リアムさんが静かに口を開いた。

「僕の両親の墓があります」

「え……」

見るとその木の根元には、私の顔くらいの大きさの石が二つ、置かれている。

「粗末でしょう？　僕たちにはこれしかできなかった」

そしてリアムさんはその石の前まで進んで花を置くと、振り返って少し笑い、「でも、これで良いと思っています」と言った。

「葬儀なんてものは遺された人間のためにあるものだ。弔いにいくら手を尽くしても、亡くなった人には届きません。大事なのは生きている時に救うことだと、だから僕は、ルーナのために何でもしました。本当に……何でも」

そう噛み締めるように言った後、リアムさんが私に深く頭を下げた。

予想外のことにびっくりして、「えっ」と頭が真っ白になる。

「リ、リアムさんっ⁉　ど、どどうしました……」

「ありがとうございます。あなたは、ルーナを救ってくれた」

「あ……」

「僕はあなたを騙したのに。あなたはいつでも僕を救おうとしてくれて……救ってくれた」

何度もありがとうと言うリアムさんの足元に、ぽつぽつと、水滴が降る。

頭を下げたまま、手で目を拭ったリアムさんが顔を上げ、私をまっすぐに見つめた。

「ありがとうございます。僕は――……二度とあなたに害をなすことはしないと、誓います」

「……ありがとうございます」

気持ちが温かくなって、思わず勝手に頬がゆるむ。

「私も手を合わせて、いいですか」

「……お願いします」

リアムさんとルーナちゃんのご両親のお墓に手を合わせて。

私はどうか病気を治せますようにと、そう強くお願いをした。

お叱りを受ける薬師

ここで過ごす最後の夜となった、六日目の夜。


「お前は本当にお人好しね」

自室で摘んだばかりの薬草でお薬を作っていた私に、ヴァイオレットさまがそう言った。

薬草のすり鉢を擂《す》る手を止めて、その言葉に首を傾げる。

「お人好し、ですか？」

「ええ。ここに来た時から、ずっと思っていたのだけれど。お前は筋金入りのお人好しだわ」

私が淹れた紅茶を飲みながら、ヴァイオレットさまが言う。

「通りすがりに倒れただけの怪我人を助け、それが実は自分を攫う誘拐犯——そう発覚したあとも手当てをし、未知の病に侵された娘のために治療をし、そして貧民街の救済なんてものを提唱して」

一体いつ寝ているの、と呆れるヴァイオレットさまに、「う……」と肩を縮こめる。

「お前はここに来た最初の日も、明け方まで何か怪しげな薬を作っていたでしょう？」

「あ、怪しげでは……明け方でもないですし……」

ごにょごにょと弁解する。明け方に限りなく近かったけれど、あれはまだ夜だった。

それに明け方近くまで薬を作っていたのはここに来た当日だけだ。

この体はヴァイオレットさまのものなので、お体に差し障りがあってはいけない。そのため睡眠時間は一日五時間をキープしている。

ただ起きている間中、大体薬を作っているというだけなのだ。

「大体あの娘の手は治ってきているのでしょう？　もう作る必要などないでしょうに」

「いえいえ！　まだお薬は飲まなければなりません。それに病状の経過に合わせて処方は変えていきたいですし、私たちは明日ここを去りますので、お薬のストックやハーブティーも、念のためひと月分は置いておけるようにしておきたかったですし……」

とはいえストック自体はもう作り終えているので、今作っているのはストックのストックだったりするのだけれど。

私がそう言うと、ヴァイオレットさまが大きくため息を吐いた。

「ただの変人ではないの」

「そ、そんなことはないと思うのですけれど……」

身一つで刃物を持っている男性を裸に剥いて傅かせ、一晩でカジノの女帝に上りつめてしまうような方に変人と言われてしまうと、なんだか微妙な気持ちになる。

私が少し不服そうにしていると「お前が変人でなくてなんだというの」と、ヴァイオレットさまが呆れ果てた顔を私に向けた。

「お前、あのリアムという少年が自身で傷をつけたことを、一目でわかっていたのでしょう？」

ヴァイオレットさまの言葉に目を見張る。

「ど、どうしてご存じなのですか？」

私の言葉に、ヴァイオレットさまが「当然でしょう」と言った。

「王宮で会った時のお前の様子が訳ありだったもの。その時はさすがに自傷だとまでは思わなかったけれど、トラブルを抱えていそうなことに気がつきつつお節介に行くのだろうということは、どんな馬鹿でもわかるわ。それからはもう、簡単な推測よ」

それが簡単だと言えるのは、ヴァイオレットさまだけじゃないだろうか。

「どう考えても理由《わけ》ありだとわかっていたでしょうに。手当てだけならトラブルに遭うまいと思ったのか、トラブルに遭っても構わないと思ったのか。どちらにせよわざわざ治療しに行くだなんて大した馬鹿だと思うのだけれど、一体どちらなの？」

「確かにあれは刺傷で、それも傷口の位置や角度から察するに、ご自分でつけたものだろうと察してはいたのですが……なぜ治療をしに行ったのかと言われると……」

なんと言って良いかわからず、私は困って眉を下げた。

「怪我をしていたので、としか……？」

「……？」

言っている意味がわからない、と言いたげなヴァイオレットさまに、確かにこれは言葉足らずだったと思い、私は「ええと」と考える。

「……こんなことを言うのは恥ずかしいのですが。私には理想があるんです」

「理想？」

驚いたように、ヴァイオレットさまが片眉を上げた。

頷きながら、慎重に口を開く。

「もしも苦しんでいる人がいたら助けたい。病気にならないためにできることがあるのなら、それをやりたい。誰も苦しまずにすむ世界があったらいいなと思うんです」

そんなことを言いながら。

お部屋に漂うハーブティーの香りのせいか、リアムさんと話したせいなのか。

私はぼんやりと昔のことを思い出した。

あれは、お母さまが亡くなる少し前のこと。

見よう見まねで作ったお薬をお母さまに出した時。お母さまは嬉しそうにそれを飲んで、私に『薬師になりたいの？』と聞いた。

当時薬師になれればお母さまを助けられると思っていた私は、『うん』と答えたのだと思う。

それを聞いたお母さまは私の頭を撫でて『一つだけ、覚えていてほしいの』と言った。

『――どんなに偉大な薬師でも、人を救えない時がくる。思い込みで治療を誤り、思い込みで、人を傷つけてしまうことが』

『思い込み……？』

『そう』

そう言うお母さまは少し悲しそうで、私も悲しくなったことを覚えている。

『薬師として生きるのならば、どうか思い込みに囚われないで。人を救いたいという気持ちは、いつか必ず自責となって返ってくる。けれども薬師として生きるのならば、人を救いたいという気持ちを大切にして。それがいつか、きっとあなたを救ってくれる』

そう言うお母さまの言葉の意味を知ったのは、それからすぐのこと。

誰よりも助けたかったお母さまを助けられなかった私は自分を責めて、その時の痛みは未だに、心の底で癒えないまま眠っている。

そんなことを思い出しながら、私は静かに口を開いた。

「……生前の母から、私は『薬師は思い込みを持ってはいけない』と教わってきました。ですので、この人は悪人かもしれない、そんな思い込みから生まれる躊躇いで、助かる命が失われたり、苦しんだりすることはあってほしくなかったんです。それは私の理想から、離れてしまいます」

そう言いながら浮かんできたのは、昼間のリアムさんの言葉だった。

生きている間に救えなかった人間のことを、亡くなった後に祈っても意味はない。

確かにそれはその通りで、私はそのことにずっと傷つき、罪悪感を抱えていたのだった。

「当時母を救えなかったことに対する、贖罪なのかもしれませんが」

そんなことを言っているうちに、喉元に熱いものがこみあげる。

絶対に泣き顔を見せてはならないと、必死でそれを飲み下しながら、私は眉を下げて情けなく笑った。

「貴族らしくないことは、重々承知しているのですが……」

私の言葉に、それまで沈黙していたヴァイオレットさまが、「いいえ」と静かに言った。

「今までのお前の発言の中で、唯一貴族らしい発言だったわ」

「え？」

聞き間違いだろうかと驚いていると、ヴァイオレットさまが凪いだ湖のような静かな目で、私を見据えた。

「――自分の中に理想を持つことは、貴族にとってとても大切なことだと。私に淑女教育を施した人は、そう言ってたわ」

「！」

褒められた、のだろうか。

驚いて目を見開くと、目じりにたまっていた涙がぽろりと落ちた。

「――何を泣いているのよ」

「す、すみません」

ヴァイオレットさまのお体で泣くのが腹立たしかったのか、ヴァイオレットさまがやや不機嫌そうに「どうせ寝不足だからそうなるのよ」と言って、私を無理やりにベッドの中に入れた。

「明日は大事な日なのよ？　私の美容のためにも今日は早く寝なさい。寝るまでここで見張ってるわよ」

「し、しかし薬作りがまだ途中で……」

「この私の言うことが聞けないと言うの？」

「寝ます」

恐ろしさに涙は引っ込んだけれども、また別の涙が出てきそうだ。

毛布を頭まで被りながら、明日は早起きして続きをしよう……と私がひっそり涙を呑んでいると、ヴァイオレットさまの静かな声が響いた。

「私はお前のような、貴族の風上にも置けないお人好しは嫌いなの」

「う……」

先ほど褒められたのは幻だったのか、というようなストレートな言葉に、私は少し眉を下げた。

「けれど、今回。お人好しのお前がいなければ、私は労力と得るものを秤にかけて、間違いなくこの貧民街を捨て置いたでしょう」

そう言ったヴァイオレットさまが、ふ、と笑う気配がした。

「お前のおかげで私を含めた全員が、最小限の労力で、最大限の——いいえ、期待以上の成果が出せたのよ。お人好しのお前にとっては、これは限りない朗報なのではなくて？」

これは、慰めてくれているのだろうか。

とてもヴァイオレットさまのものとは思えない褒め言葉に驚いて、私は毛布から顔を出した。

「ヴァイオレットさ……」

「早く寝ろと言ったでしょう？　いつまで私を拘束する気なの」

「寝ます」

毛布を顔にかけ直す。理不尽ではあるのだけれど、私はなんだか胸の中が少しだけ、ぽかぽかと温かくなっているような気がした。

ゆっくりと目を閉じる。気付かなかっただけで疲れていたのか、すぐに強い眠気がやってきて、意識が微睡《まどろ》みに引っ張られた。

「——……ヴァイオレットさま」

眠りに落ちる直前。失言などしないように気を引き締めていた口が、ふわふわとした意識に引きずられて軽くなる。

私はこの一週間一緒に過ごすにつれ、思うようになったことを呟いた。

「ヴァイオレットさまは。ドレスの裾を踏んだくらいで、お家を没落させるような方ではないです……」

「——……」

言い終えた後、私はすぐに眠ってしまって。

小さく呟いたヴァイオレットさまの言葉は、聞こえなかった。

第五章

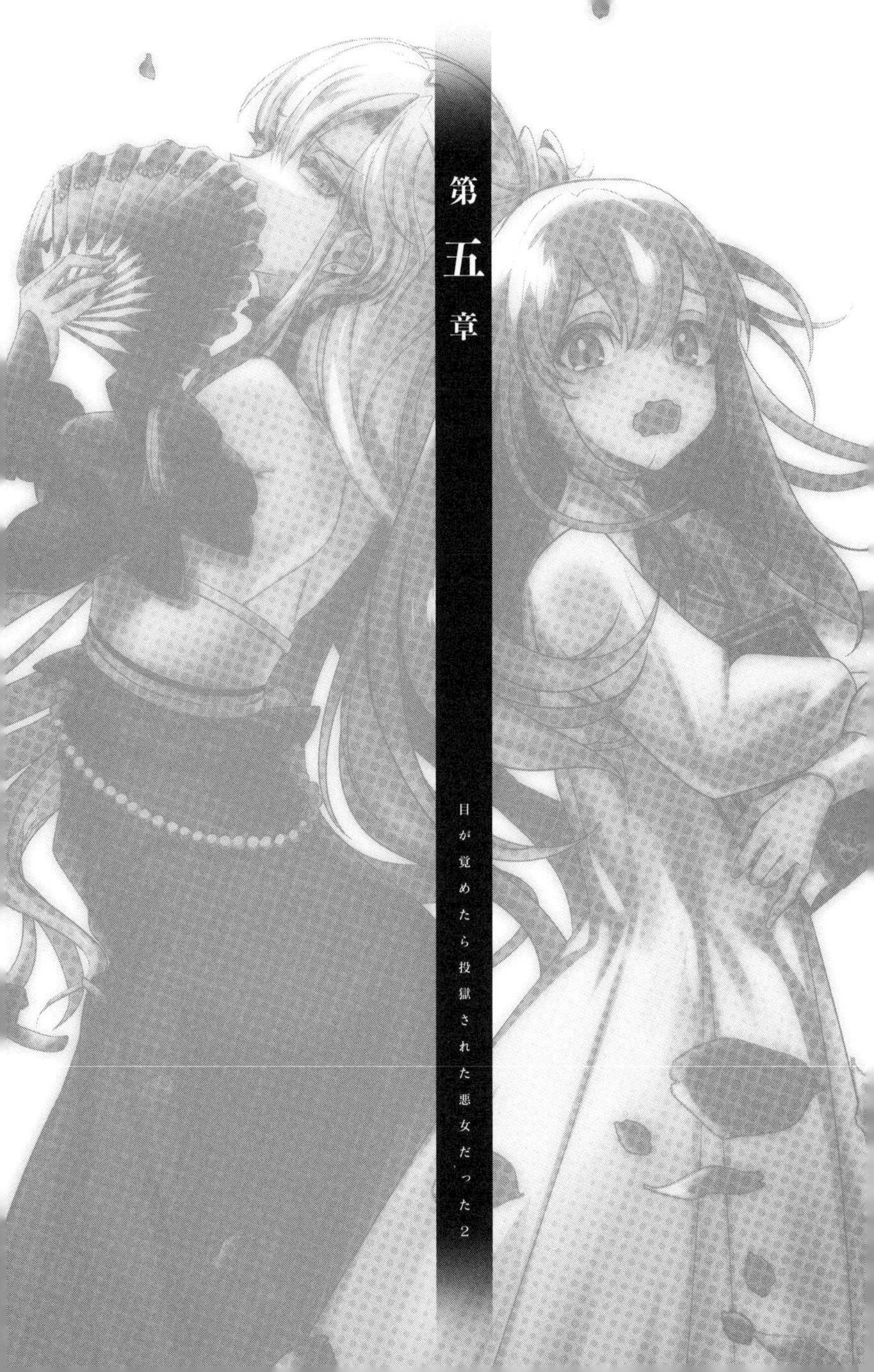

部下と友人

花祭りが、あと二日に迫っている。

「ただでさえクソ忙しいこの時期に、よくもこんな面倒な仕事を振ってくれたよ」

疲れた顔のニールが、クロードの執務室に入るなりそう言った。

いつも飄々としている彼ではあるが、限界にまで追い詰められた時にはこうして口が悪くなる。

現場の視察を終え、書類仕事を進めていたクロードは、カリカリと走らせていたペンを止め、ニールに目を向ける。

小さく片手をあげて「すまないな」と苦笑すると、肩をすくめたニールがどっかりとソファーに腰を落とした。

「まったく人使いの荒い上司がいると大変だよ。花祭りが終わったら、僕、三日は有給取るからね」

そうため息を吐くニールに、クロードは目を向けた。

「その様子だと、成果はあったのか」

「成果も出せないまま帰ってくる部下だと思われてたら心外だな」

ニールがそんな軽口をたたき、手に持っていた資料をクロードに手渡す。

受け取って中を開き、読み進めたクロードはその内容に眉を顰め「最低だな」と呟いた。

「直接話を聞きたいかなと思って、明日アポをとってきたよ。君のお昼休みの返上と、君の代わりに僕が午前の会議に出れば行けるかなって」

「ニール……」

仕事のできる部下に尊敬の目を向けると、ニールがにやりと笑った。

「男が修道院のアポをとる大変さと合わせて、ぜひとも有給で労ってくれると嬉しいな」

「……花祭りの直後は無理だな」

ペンを再び走らせながら、クロードが少し寂し気に苦笑した。

「忙しくなる予定だ。……一週間後に三日なら許可できる」

「……僕の有給のためにも、何事もなく過ぎ去ってくれたらいいんだけどね」

ニールが天井を見ながら、ぽつりと呟いた。

「妥協するよ」

妙に寂しく聞こえたその声に、クロードは「ああ」と頷いた。

◇

花祭り当日。

入れ替わりの魔術を解いた私とヴァイオレットさまは、それぞれ花祭りの会場へと向かうことになっていた。

「では、ソフィア。花祭りの会場で会いましょう」

金色の髪を揺らし、妖艶に微笑んだヴァイオレットさまが、一瞬にして消えた。

転移魔術でエルフォード公爵邸に戻り、『人前で着られるようなドレス』に着替えてくるのだそうだ。

ヴァイオレットさまがいないと、なんとなく心細い。しかし人間は度胸が大事だと思う。

大きく深呼吸をして気合を入れ、玄関の扉を開けた。

「本当に、行くのですか?」

横にいるリアムさんが、とても心配そうな顔をする。

「ここで待っていた方が……いや、ご自宅に戻った方が。送りますよ」

「いえ、大丈夫です」

申し出はありがたいけれど、首を振る。私が会場に行かないことによって、万が一リアムさんやカーターさんが裏切ったと思われて何か被害がいくのは、とても怖い。

それに。

「ヴァイオレットさまが、必ず来るようにと仰ってましたので」

昨日も心配をして『やっぱり行かない方が良いのでは』と言うリアムさんに、ヴァイオレットさまは『大丈夫よ』と一笑していた。

『お前も特等席でごらんなさい。——でも、そうね。女神像ではなく、広場の前に行くことをおすすめするわ』

女神像と言われていたのに、言うことを聞かなくて大丈夫なのかなあと思わないでもないけれど、ヴァイオレットさまがそう言うのなら、大丈夫なのだろう。

ヴァイオレットさまの言葉には、なんとなく確信めいたものがあった。

「でも……」

それでもまだ心配そうなリアムさんに、もう一度『大丈夫ですよ』と声をかけようとした時。

「俺たちも行くぞ！」

ガヤガヤと、大きな声が聞こえた。

見ると家の前にはカーターさんをはじめとする男性陣——この家の住人だけではなく、貧民街に住む屈強な男性たちが、わらわらと集まっていた。

「大人数で来るななんて言われていませんからね」

カーターさんがにっこりと笑いながら、親指を立てる。

「し、しかし……」

こんなにがやがやとしていたら、依頼人に怪しまれるのでは。

私の心を見透かすように、カーターさんがニヤッと笑い、隣にいる方と顔を見合わせた。

「俺が言われたのは、女神像近くで引き渡せということですが——毎年花祭りは酷い人混みだ。それに今回は陛下が来るとあっちゃあ、必死で女神像に向かっても、人に流されて広場の方に行ってしまうのはおかしなことじゃないと思います」

「それにもし犯人に引き渡されたとしても。うっかり転んでみんなでそいつに向かってしまっても、故意にはならないでしょうし」

「そ、それは間違いなく故意かと……」

「ええ、そうですね」

私の言葉に、カーターさんが優しい笑みを浮かべた。

「俺たちはみんな明確な意思を持って、この町を救ってくれた女王をお守りしようと決めたんです」

カーターさんのその言葉を聞いた私は、罪悪感で胸が苦しくなった。

カジノで富をもたらしたのも、貧民街を救ったのも、私の姿をしたヴァイオレットさま。それを黙って危険な目に遭わせるなんてことは、絶対にしてはいけないことだと思う。

騙していたことで、不快にさせてしまうだろう。ぎゅっと胸のあたりを握り締めて、私は口を開いた。

「あ、あの、信じてもらえないかもしれませんが、私は……」

「ソフィア様」

横にいたリアムさんが、首を振る。

それと同時に周りの皆も困ったように笑いつつ、「まあ、ソフィア様とヴァイオレット様、双方が女王っていうか」「女王と付き人っていうか」「まあひとくくりにして邪神っていうか」と口々に言った。

「ヴァイオレット様にも、すげえ感謝してました。仲間を――ルーナを、助けてくれて」

「あなた方二人の間にどんな奇跡があったとしても、俺らにとっては関係ない」

「俺たちはソフィア様にもヴァイオレット様にも、恩返しがしたいんです」

「皆さん……」

思わず泣きそうになり、唇を噛み締める。

するとその場にいた全員が顔を見合わせて、照れくさそうな、ちょっと気味の悪そうな。そんな複雑そうな顔をして。

「……すみません、その顔で泣きそうな表情をするのはやめてもらえますか？」

「夢見が悪そうなので……」

そう口々に言われた私は、つい泣き笑いのような表情で噴き出したのだった。

花の女王

屈強な男性陣に囲まれて花祭りの広場へと向かった私は、人の波に圧倒されていた。

「こ、これが花祭り……！」

先日、クロードさまと一緒に行った屋台巡りのときとは、まったく人混み度合いが違う。

男性陣に守られているというのに、それでもひいひい言いながらステージの前についた時、私は既に息も絶え絶えになっていた。

「ソ、ソフィア様大丈夫ですか⁉」

「おい、誰か扇ぐもの！」

「飲み物はないか⁉」

「だ、大丈夫、大丈夫です……」

あまりの甲斐甲斐しさに、気力を振り絞って背筋を伸ばす。しかしこうしている間にも、扇がれたり飲み物を差し出されたり日陰を作ってもらったりとまめまめしく介護をされている。

申し訳ないやら慣れないやらで居た堪れない。

気を取り直し、あたりをキョロキョロと見回す。

女神像のあたりに目を向けて、犯人らしき男性がいないかと見てみたけれど、残念ながらここはとんでもない人混みだ。

ここから離れている女神像の近くはもちろん、半径一メートル以内に於いても、特定の人を見つけるのは困難だと思われた。

——けれど、陛下のことはよく見える。

私は目の前のステージに立つ、真っ白な正装に身を包んだ陛下を見た。

遠くまでよく通る声でご挨拶をしていらっしゃる陛下は堂々としていて、今この場所に危険が差し迫っているかもしれないことを、全く感じさせなかった。

私の周りにいる女性たちが、「かっこいい」「素敵」と囁きあっている姿が見える。

確かにステージ上の陛下はかっこよく、いつもヴァイオレットさまに不敬を働かれている方とは、とても思えない。

まるで別人を見ているようだなあとちょっと不敬なことを思っていると、陛下とばっちりと目が合った。

私の誘拐事件の顛末を知っているだろう陛下が、私の姿を見てホッとしたような笑顔を浮かべ
——そのまま、固まった。

どうやら私の周りを取り囲む男性陣が、私の世話を焼いていることに驚いたようだった。

意味深にステージの端に目を向ける陛下の視線を辿ると、そこには真っ赤なドレスに身を包む、ヴァイオレットさまがいた。

——ヴァイオレットさまだ。

私がそのままヴァイオレットさまをじっと見つめると、私に気付いたヴァイオレットさまがくすりと笑い、長い指が上を指し示す。

——空？

指の動きに釣られ、空を見上げる。

どこまでも広がっている、抜けるような青空だ。

その瞬間。

「神が祝福を授けた、この佳き日を祝して！」

陛下がそう叫ぶ。

「——あ」

その声が合図になったかのように、時計台からたくさんの紫の花びらが、舞い降りた。

◇

遡ること、十分前。

時計台を上り、最上階についたクロードは、ゆっくりと扉を開ける。予想通り、男はそこにいた。

開け放たれていた窓から風が吹き込んで、クロードの髪を揺らした。

「やはりここか、ドミニク」

クロードがそう言うと、ドミニクがゆっくりと振り向く。

「――やっぱり、お見通しか」

自嘲気味に笑うドミニクに目を向けて、クロードは「ここしかないからな」と言った。

「君の挑発するような言葉や、ヴァイオレットに向けた手紙。あれらからは、君が誰を狙いたいのか推測できない。ヴァイオレットに、陛下。もしくは大穴で大聖堂の大司教。一体誰が標的なのかと、ずっと考えていた」

そう言いながら、ドミニクが手にしている箱を眺めて「そして思った」と呟くように言った。

「すべてではないのかと」

「…………」

「君は俺たちが警備の確認をしている際、わざわざやってきて言ったな。『近接武器に対しての護衛は万全に見えるが、投擲武器や弓矢への警護はどう備えているのか』と。対個人用の武器をあげる君は、そこに意識を向けようと――いや、違うな」

ドミニクの目をまっすぐに見ながら、クロードは静かに言った。

「君はまるで、俺にヒントを与えているようだった」

「…………」

暫し沈黙したドミニクが、ふっと笑った。

「全部ぶっ壊そうと思ったんだ。この国を。俺から憧れと誇りを奪ったこの国を」

自嘲するドミニクに目を向けたまま、クロードは口を開いた。

「……八年前の事件を調べ、君の姉に会いにいった」

ドミニクは微かに目を見開いたが、すぐに目を伏せた。

「ヴァイオレットのドレスを踏んだ君の姉は、怒り狂ったヴァイオレットに夜会を追い出されて家に戻り――、すぐに両親と共にエルフォード公爵家に向かったと聞いた。ヴァイオレットが、まだ夜会から戻らぬうちにと」

目を伏せながら、クロードは淡々と続ける。

「ヴァイオレットの怒りを恐れた君の両親は、エルフォード公爵その人に取りなしを頼んだ。引き換えに、娘を差し出して。――公爵は『生憎亡き妻以外に興味はない』と断ったが、直後帰ってきたヴァイオレットが事の経緯を知り、激怒したそうだな」

そこまで言って、クロードが言い淀む。

するとそれまで黙って聞いていたドミニクが「それまでうちは、爵位の低い家や商家の金持ち相手に、姉を使って美人局《つつもたせ》をしてたんだ。姉が夜会に参加する。標的が手洗いなんかで席を外したタイミングに、娼婦を表す花を挿してその男の前に出る。事に及ぶ前にうちの親が駆け込んで、嫁入り前の娘に何てことを——と、怒鳴りつけ、黙っていてやる代わりにと金をせしめる。うちの父親は高位貴族と仲が良かったからな。もめ事を嫌う貴族としては、金を払う方が圧倒的によかったみたいだ。気が弱くて、後ろ盾のない人間ばかりを選んでたこともよかったかもな」

ひどい話だよな、とドミニクは言った。

「けれどある日突然ヴァイオレット・エルフォードを怒らせた。うちの親は焦ったみたいだな。何はともあれ金を稼がなきゃいけないと。それまで荒稼ぎをしすぎて標的も少なくなってきた親は、選ぶ相手を間違えた。いつものように怒鳴りこまれた父は殴られ姉はそのまま傷物になり、俺の両親は脅迫をはじめとする余罪が出てきて、おしまいだ。——姉は、没落して助かったと思っただろうぜ。うちの家に似つかわしくない、馬鹿みたいなお人好しだった」

ドミニクの淡々とした言葉に、クロードは静かに口を開いた。

「…………君の姉から、伝言だ。『いつも私を守っていてくれてありがとう。弱くてごめんなさい』と」

ドミニクが目を見張る。

「その美人局のようなことを始めたのは、君が訓練生になった直後だったらしいな。それまでは君が、それとなく姉を守っていたんだと、彼女は感謝していた」

「……知っていたか、クロード。俺は、出会った時からずっとお前が嫌いだった」

「……それは、知らなかった」

「お前を見てると、自分の小賢しさを思い知らされるような気がした。俺がなりたい騎士は、お前そのものだったから。決してなれないんだと、毎日突き付けられてる気分だったよ」

自嘲気味に、ドミニクが口を開いた。

「もしもお前が俺だったら。姉を助けられたんだろうな」

そこまで言って、ドミニクが「お前の勝ちだ」と笑った。

「この箱の中には、威力を高めた火薬が入っている。これに火をつけたら、大きくドカン。この塔は吹っ飛んで、近くにいる誰も彼も、犠牲になるはずだった」

そう言ってドミニクが、「クロード」と名を呼び、手にした箱を渡した。

「お前は、俺が目指していた騎士だった。だからお前に賭けた。勝負は俺の負けだよ」

「ドミニク」

彼の様子に、クロードがハッとする。火薬を持っているという非日常が焦りを生んで、僅かに反応が遅れたその瞬間。

ドミニクが「姉によろしく」と微笑んで、いつの間にか手にしていた剣で首を突こうとした、その瞬間。

「神が祝福を授けた、この佳き日を祝して！」

窓の外から、国王の声が響く。

その声を合図にするかのようにクロードが手にしていた火薬の箱が、一瞬にして紫色の花びらに変化した。その花びらが一塊の渦のようにくるくると回り、窓の外へ誘われるよう、吹き飛んだ。

◇

「きれい……」

周りから口々に、感嘆のため息や歓声があがる。

時計台から降りしきるその花びらは、どうやらヴァイオレットさまの魔術によるもののようだ。

一体何のために、と私がぽかんとしていると、ステージの中央へと向かって、ヴァイオレットさまが優雅に歩き出した。

陛下から少しだけ離れた場所に立ち、柔らかく微笑んで口を開く。

「偉大なる国王陛下より、花の女王へ冠を」

涼やかな声が響く。決して張り上げているわけではないのに、どこまでも通るようなその声は、ヴァイオレットさまのものだ。

その言葉を皮切りにして。空を舞っていた花びらが、輪を描くように私の頭に集まった。

地鳴りのような、轟くような歓声が広がる。見なくてもわかる、これは。

「――花の女王は、前へ」

きっと私同様何も聞いていなかったはずなのに。動揺を見せずに微笑む陛下が、頭に冠を乗せた私に目を向けた。

思ってもいなかったこの流れに、極限まで動揺している私が動けずにいると。

「……!!」

体が勝手に動きだす。

意思に反して手足が勝手に動くこれは、ヴァイオレットさまの肉体操作の魔術だ。

何度やっても恐ろしい感覚に、叫び出すのをどうにか堪えながら。私は自分の体ではないみたいに優雅に動く自分の姿を、半ば呆然と見つめていた。

「――ソフィア・オルコット。君を花の女王に任命する」

朗々と響き渡る声で、陛下がそう言う。ステージの下にいるカーターさんたちが、「じょ・お・う！　じょ・お・う！」と叫んでいる。

少しだけやめていただきたいと思っている私の横に、ヴァイオレットさまがするりと立つ。

「しっかりと前を見なさい。浴びなさい、この歓声を」

ヴァイオレットさまが前を向いたまま、私にだけ聞こえる声で、そう囁いた。

「ここで生きているすべての人間の賞賛と羨望が、今この瞬間、すべてお前に注がれているのよ」

ヴァイオレットさまが私に微笑む。

それは私が初めて目にするような、どこか優しい、楽しそうな笑みだった。

◇

（――ヴァイオレットか）

随分派手な演出だと、先ほどまで火薬を乗せていた手のひらに目を落とす。

花びらへ姿を変え、そして渦を巻いて窓の外へと吹き込んでいったそれに驚いたドミニクが、呆然と窓の外を眺めていた。

その手は剣を持ったままだ。

「ドミニク」

クロードが静かに声をかけると、ドミニクの体が跳ねる。

剣を持ち直そうとする彼に「俺はお前を、尊敬していた」と静かに告げた。

「手のひらをすり減らすことしかできなかった俺と違い、自分が持つ能力を最大限に生かしていた、お前のことを」

ドミニクが目を見張る。

「それからお前に、ずっと感謝していた。俺にあの時声をかけ、訓練の時には励まし――友人として、接してくれたことを」

「何を……」

「俺にとってお前は、大切な友人だった。だからこそずっと、お前の助けになれなかった自分を悔

やんでいた」

そこまで言って、ドミニクを見据える。

彼は何か信じられないものを見たような苦し気な顔で、視線を彷徨わせている。

「……すまなかった。それだけを八年間、ずっと言いたかった」

この謝罪が、八年前のクロードには言えなかった。言えば自分の力不足が明らかになり、無力感に立ち上がれなくなるような気がした。

言えるようになったのはおそらく、自分の能力にまったく自信を持てないまま、それでも目の前に誰かがいたら助けずにはいられない、ソフィアのせいもあるのだろう。

そんなことを思いながら、クロードはまっすぐにドミニクを見て、静かに告げた。

「——だからこそ、お前に言う。騎士ならば、自分の犯した罪と向き合え」

クロードの言葉に、ドミニクは顔を伏せ——「ああ」と呟いた。

いつもの日常

無事王宮薬師の研究所に戻った私は、しばらくの間諸々の後処理や事情聴取や溜まっていたお仕事など、慌ただしい日々を送っていた。

そして今日、すべてがようやく落ち着いた日。

私は王宮薬師寮の自室にて正座をし、うなだれていた。

「もう、とっても心配してたのよ」

ぷりぷりと、ナンシーさんが怒っている。

その横ではノエルさんが、困ったような笑顔を浮かべていた。

「誘拐でもされていたのかと思ったら、本当に誘拐されかけて、おまけに貧民街で人助けをしていたのですって？　無事なら一言くらい連絡をしなさい！」

「す、すみません……！」

「まったくもう！」

私が王宮薬師の研究所に戻った日。涙ながらにぎゅうぎゅうに抱きしめてくれたナンシーさんは、私の繁忙が終わるまでこうして怒るのを待っていてくれたらしい。

機が熟してようやく怒れるタイミングになったと、休日の今日。朝からとても詰められている。

「おかげで私、花祭りは恋人をはしごしようと思っていたのにそんな気になれなくて……結局、『屋台の匂いに釣られてソフィアちゃんが戻ってくるんじゃない？』なんてノエルちゃんと話し合って、女二人で花祭り、ソフィアちゃんを捜しに行ったんだからね！」

「ナンシーさん、ノエルさん……！」

申し訳ないと思いつつ、感動で胸が熱くなる。

そんな私を見て唇を尖らせたナンシーさんが、「まったく、すごい花祭りだったわね」と、感嘆と憤りを器用に両立させながら「陛下もちょっと素敵だったし」と少しうっとりとした。

「陛下の、ちょっと不運そうなオーラも素敵ね、と思いながらソフィアちゃんを捜していたら、空から花びらがひらひら〜と降ってきて、びっくりしてたらソフィアちゃんがいきなり花の女王に選ばれていて……もう、びっくりしちゃった」

「私も驚きました」

ナンシーさんの言葉に、ノエルさんが頷いた。

「すごくワイルドな方々に女王と呼ばせていましたよね。そういう趣味とは露知らず……」

「違います」

食い気味で否定をする。さすがにそれは、絶対にされたくない類の誤解だ。

しかし私に胡乱気な視線を向けるノエルさんの誤解が解けたかは、怪しいところだ。

内心涙を呑んでいると、ナンシーさんの「まったく」というため息が聞こえた。

「これからはちゃんと報告してね。勝手にどこかに行ってはだめよ」

「……はい！」

「まったく。怒っているのに、嬉しそうな顔をしちゃって」

呆れたようなため息を吐きながら、ナンシーさんが「今日はこれからエルフォード公爵令嬢のところに向かうのでしょう？」と微笑んだ。

「気を付けて行ってきてね」

「お帰りをお待ちしています」

「……はい！」

二人に手を振って。

私は薬師寮を後にして、ヴァイオレットさまのお屋敷に向かった。


――そうして、エルフォード公爵邸で。

「そ、それにしてもっ、……いつから気付いていたのですか？」

頭に三冊の本を乗せ、背筋をまっすぐに伸ばしながら、私はぷるぷるとヴァイオレットさまを見た。

「まさか狙っていたのが、その場にいる全員だったなんて」

あの花祭りの時。

なんと犯人であるドミニク・ランネットさまは、ヴァイオレットさまや陛下のみならず、時計台の近くにいた人々もすべて巻き込むような爆破事件を起こすことに決めていたらしい。

それに気付いたクロードさまはドミニクさまを止めに行き、ヴァイオレットさまは何も起こらないようにと魔術で火薬を花びらに変えてしまった。

一切の打ち合わせがなかったにもかかわらず、なんという見事な連携だろうか。

思い出して感嘆しつつも、しんみりとする。

自分も含めた世界のすべてを憎んだことが動機だったそうだけれど、本当は止めてほしかったのではないだろうか。

爆破事件を公にすることはできないという判断で死罪は免れ、ナイフの所持や所持金の一切を許されず、身一つで国外追放――これは死刑宣告に等しい――になりそうだという。

そんなドミニクさまとクロードさまのことを考えて、私は小さなため息を吐いた。

そんな私にヴァイオレットさまが、こともなげに口を開いた。

「いつから気付いていていただなんて。最初に話し合った時にはわかっていたわよ」

「えっ、や、やっぱりヴァイオレットさまって人の心が読めるんですか……!?」

動揺し、バランスを崩してずるりと本が落ちる。あっと思って床に滑り込もうとした時、ヴァイオレットさまが指を鳴らした。

貴重な貴重な本たちは床に落ちることなく、ふわふわと浮かんでいる。

「ヴァイオレットさま……！」

感激して何度もお礼を言うと、ヴァイオレットさまが冷ややかな目で「礼を言う暇があったなら、早く歩行くらいは人並みになりなさい」と、私の頭の上にドサドサと本を乗せた。痛い。

あの花祭りが終わってから、私のこの淑女教育は再開されている。

冷ややかな目線で見られる回数は変わりなく、叱られる回数にもまったく変わりがない。進歩の見えない私に、そろそろヴァイオレットさまの堪忍袋の緒がぷっちりと切れてしまいそうだ。

気合を入れて、背筋を伸ばす。

かかとに重心を置いて、つま先を外に向けて……。

踏み出した足が絨毯を踏みしめる。頭の本は落ちなかった。

驚いて、目だけでヴァイオレットさまを見る。

「でで っ、できました……!」

「一歩しか歩けていないではないの」

その冷ややかな声に、今度こそ本が落下する。

「せめて百歩は歩けるようになってから、できたと言いなさい」

「ハードルが高すぎませんか……!?」

容赦がない。涙目で本を頭に乗せ、もう一度歩き出す。

そんなふうに、相変わらず怒られてはいるけれど。

ようやく穏やかな日常が戻ってきたなあと、私はほっと息を吐いたのだった。

エピローグ

「それでは、ドミニク・ランネットの処遇は……国外追放。それも、秘密裏にということで」

高位貴族の間でのみ開かれる会議の場で。

人々が大勢集まる花祭りで、ひっそりと起きようとしていた事件の首謀者の処遇が決まった。

「陛下が即位なされたばかりで、陛下も民衆も巻き込んだ爆破事件が起ころうとしていたなんて。我が国の威信も、陛下の治世も揺らぎかねない」

そう言うのは、ゴーンウッド侯爵だ。彼は先王を強く支持していて、王位を継いだばかりのヨハネスを侮っている節があり、そしてそれを隠さない。

「しかしドミニク・ランネットは、共犯者がいたと供述しているではないですか」

そう言うのは、アシュクラウト伯爵だ。彼はどこの派閥にも所属していない人物で、無所属派の中では比較的発言が多い。

「そうは言っても……その共犯者が誰だか、わからないと言っているのでしょう？　言い逃れではないですか」

ゴーンウッド侯爵がこれに答え、アシュクラウト伯爵も「まあ確かに」と納得をする。

ドミニク・ランネット。

時計台を爆発させ、国王や市民を巻き込んだ爆破事件を起こそうとした人物は、ソフィア・オルコットの誘拐などについて、『誰かに助言をもらった』と言い張っているらしい。

しかしその人物の名前はおろか、顔や声、果ては性別までも思い出せないと言っていて、その証言には信憑性が欠けていると判断された。

死罪でなかったのは、国王への暗殺計画だけならともかく、市民も巻き込む爆破事件が計画されていたことが発表されれば、国民の間に動揺が広がるから、という配慮ゆえだ。

（確かに、あまり公表したくないことではあるが……）

しかしこうして秘密裏に処理をするということは、どうにも気が重い。

（――それに）

ヨハネスの胸に、不安と疑惑が芽生える。

ドミニク・ランネット。彼がもしも言い逃れのために嘘を吐いたというのならば、間違いなく性別や年齢など、おおよその設定くらいは決めただろう。

あえてそれを言わない動機が、見当たらない。

(これではまるで、その共犯者に関する情報だけが消されたようではないか)

そんな考えが胸をよぎり、顔には出さないまま内心で息を吐いていると、誰かが一言「それにしても」と口にした。

「今回エルフォード公爵令嬢の活躍は、素晴らしいものでしたな。まさか爆発物を、花びらに変えてしまうとは。青空に紫の花びらが舞い、花祭りに相応しい優美さで——あれほど美しい花の女神の選定を、私は今まで見たことがない」

その声に同調するように、何人かが深く頷く。

「花祭りが無事に終わったのも、危険分子を事前に察知した彼女のおかげです。彼女はもう、新時代の英雄と呼んで差し支えがないのではないでしょうか。彼女のおかげで貧民街の貧困問題にも光明を見出したと言いますし」

今まではただの悪女と呼ばれていたヴァイオレットだったが、花祭りの後にはこうしてヴァイオレットを讃える声が、よく聞こえてくるようになってきた。

同時に稀代の悪女を英雄と呼ぶ風潮に皮肉を言う層もいて、評価は真っ二つに割れていた。

「……英雄というには、些か」

「些か？」

以前ヴァイオレットに公共の場で貶められた男が皮肉を言いかけると、ヴァイオレットの父であるエルフォード公爵が微笑みながら口を開いた。

「あ、いや……」

皮肉を言いかけた男が口ごもる。

「貴族令嬢としての矜持を、持たれていらっしゃるかと……」

そう言い直したが、エルフォード公爵は感情の窺えない笑みを浮かべたまま、何も言わない。

一気に重くなったその場の空気を吹き消そうと、「それにしても素晴らしいものですな！」と陽気な声が響いた。

第一騎士団長であるクロード・ブラッドリーの父である、ブラッドリー侯爵だ。

「エルフォード公爵令嬢の聡明さと胆力もさることながら、新星のように薬師界に現れた、オルコット伯爵令嬢も素晴らしい。表舞台に出てから四か月も経っていないというのに陛下の命を救い、新薬で栄養問題に貢献し、今回病のもととなっていた貧民街の衛生問題を解決。そして原因不明の病に苦しむ一人の少女を密かに救ったというではないですか。なんでも原因不明の珍しい病だとか」

手放しで褒めたたえるブラッドリー侯爵に、その場の多くの者が頷いた。

「彼女の才能は歴代のアーバスノットと比べても遜色が――いや、もしかしたら際立っているかもしれない。これから先もどんな功績を為すのか、楽しみではないですか。まあ今回活躍したのは、我がブラッドリー侯爵家自慢の次男、クロードもなのですが！」

笑いが広がり、場の空気が一瞬にして明るくなる。

ブラッドリー侯爵が家族バカであることは周知の事実だが、今回のこれは息子自慢が六割、場を和ませるための冗談が四割だと、皆が知っている。

皆が口々に「いやはやその通り」「無事に終わって良かった」と言い出した、その時。

「その功績を引き継ぐ世継ぎを産むため、すぐにでも婚姻をさせなければならない」

そう言ったのは、エルフォード公爵家と並んでこの国の二大貴族である、ディンズケール公爵だった。

「アーバスノットの才は、未来永劫失ってはならぬ。何があろうとも」

「仰る通りですが……」

「現アーバスノット侯爵は、自分の代でアーバスノットの爵位を返上すると言っています。――それを条件に、本来跡継ぎになるはずだった一人娘をオルコット伯爵に嫁がせたと」

「侯爵には困ったものだが。意見を翻す気はないのなら、それは仕方なかろう」

ディンズケール公爵が、淡々と言う。

「本質的に大事なのは受け継がれるその才だ。名が無くなろうと、それだけは失ってはならない」

「それはそうですが……オルコット伯爵令嬢は、寄せられた求婚はすべて断っていると」

「本人の意思。そのような些末なことは問題ではない」

ディンズケール公爵が、キッパリとした口調で言った。

「才のある人間に我儘は許されぬ。――早急に夫に相応しき人間を選び、婚姻を命じるべきだ」

「──確かに、優秀な薬師は保護されるべきだ」

過熱する論争に、ヨハネスは片手をあげて言った。

「しかし彼女はまだ、薬師になって間もない。オルコット伯爵家ではあまり良い扱いをされておらず、貴族令嬢としての教育を学び直している最中だ。おそらく本人もその負担から婚姻に前向きになれないのだろう。すぐに婚姻を結ばせるのは、薬師業にとってマイナスに働くのではないか」

「すぐにでも、ということは、いずれは命じるおつもりが？」

「ディンズケール公爵。まだ十六歳の彼女の婚姻よりも、早急に解決しなければならない問題があるだろう」

公爵にまっすぐ目を向けながら、柔らかな──しかし淡々とした口調で話していたヨハネスは、一旦そこで言葉を区切った。

「──王妃のことだ。私も即位し、もうじき四か月が経つ。戴冠式も控えていることだ。そろそろ王妃を迎える準備をしなければならない」

「……！」

ヨハネスの言葉に、その場にいた者全員が目を見張った。

確かにヨハネスの婚姻は急務だ。

しかしヨハネスがレッドグライブ伯爵令嬢を愛していたことは周知の事実。

経緯が経緯なだけに強く進言しにくい問題ながら、それとなく次の婚約者候補を提案するも、まずは継いだばかりの王位の基盤を整えることが先決だとかわされていたのだ。

「秋に開かれる戴冠式で、王妃となる女性を公表しよう。――明日から早速、王妃候補にふさわしい令嬢を探していく」

◇

ディンズケール公爵家の当主の部屋には、果てしなく延びる長い地下道が隠されている。

会議を終えすぐに帰宅したディンズケール公爵家当主、ジェレマイア・ディンズケールは、厳重に隠されているその地下道の扉を開けた。

ジェレマイア、という名前は、代々ディンズケール公爵家の当主だけが受け継ぐ名である。ディンズケールの公爵位を継ぐ者は、必ずこの名前と地下道を受け継ぐのだった。

この地下道の長さには骨が折れる。しかしこの長く暗い地下道を歩き、妙に感覚が研ぎ澄まされるようになった頃、その道はようやく終わる。

目の前に現れた扉を静かに開ける。

僅かな光が差し込む、腐臭漂うその空間に入り、ディンズケール公爵は跪いた。

「猊下《げいか》。ジェレマイアが参りました」

「――ああ」

寝床に臥す男のしゃがれた声は、何重にもひび割れている。

常人であれば背筋がぞっとするだろうその声を受けて、ディンズケール公爵は「万事滞りなく終わりました」と述べた。

「首尾は」

「全て、想定通りに。ヴァイオレット・エルフォードは、クロムウェルをも凌ぐ魔術師だとこの目で確認致しました。使った男は、国外追放に」

「そうか。――それで良い」

掠れた声でそう言う男が、「それで」と、低くしゃがれた声を、その場に跪くもう一人の人物――ソフィア・オルコットの誘拐役にと選んだ、孤児の少年に向けた。

「お前からの中間報告では、本人達の元の人となりがわからない。入れ替わったように見えるが確証はない、と言っていたな。事件を通し、お前の目から見たその二人はどうだったのだ」

「はい。申し上げます」

少年が、その青い目をまっすぐに男に向ける。

男は、常人ならば直視することを躊躇われる外見をしていた。

肌が岩のように硬くなり、しかし表面は木の枝のように枯れている。

かと思えば別の部分は腐りかけ、死臭のようなにおいが漂っていた。

そんな男を少年は、強靭な意思を持って見据えていた。

「あれは間違いなく演技でした。私の未熟さゆえに騙されかけてしまいましたが、盗み聞きした彼女達の会話に、入れ替わった演技をしているという内容がありました」

そこまで言って少年は言葉を切り、淡々と口を開く。

「ですから、入れ替わりの魔術は存在しなかった。僕はそう、確信しています」

空気が凍るような、重い沈黙が広がった。

「……そうか」

しゃがれた声が、静かに響く。

「――この私を、謀《たばか》るか」

一瞬の間を置いて響いたその声に、場の空気がビリビリと震えた。

「動じぬな。死ぬ覚悟で裏切るか。ははは、アーバスノットが妹の病を治したから、それでよいと？」

ぐっぐっぐと、何かが潰れるような音がする。

その不気味な音は、男の笑い声だ。しばらく鳴っていたが、急にふっと音が途切れた瞬間、リアムの足元に何か小さなものが投げつけられる。

何かが砕けた音が聞こえると、それは以前街で自分に渡された、あの軟膏だった。

「お前らのような鼠どもがアーバスノットの治療を受けるには、大金を払う必要があると以前教えたはずだが――まあ、いい。私は子どもには、少し甘い。幼い子どもに希望のない人生を歩ませるのはしのびないからな」

またぐっぐと音が出て、「しかし」と男が口を開いた。

「お前の妹の病が癒えた頃、また同じ苦痛を授けよう。治るのだろう？　治るから良いのだろう？　ならば何度も何度も、同じ苦痛を与えてやる。いっそ死んだ方がましだというくらいに」

「……！　あの病気は……」

リアムが目を見開いた瞬間、男はひどく嬉しそうに「今更気付くとは」と、喉の奥で笑った。

「希望を抱いた瞬間に、また苦痛に舞い戻る。——その絶望は、計り知れなかろうな」

それまで動揺を見せなかった孤児が、その時初めて動揺する。

ひどく醜悪に微笑む男を、孤児は震えながら見つめていた。

「——……年を取ると、物忘れがひどくていかんなあ。さて、忘れてしまった。先ほどお前は、何と言った？　お前は妹に、どんな人生を歩ませる？」

「……っ……」

「選べ。最愛の妹が送る人生を。苦痛なき生か、永遠に続く苦痛の生か」


少年が去ったあと、忌々し気なため息が広がった。

「あれほどに悩むとは、思わなんだな」

「ええ」

しかし結局、裏切った。

ならば良いだろうと何の感慨も覚えず、ディンズケール公爵は頷いた。

「自身を攫った人間を心酔させ、またもや花を降らせおった」

そう言って男が、目を閉じて口を開く。

「――相も変わらず、人を誑《たぶら》かす一族よ。忌々しい、アーバスノットが」

憎しみのこもるその声に、ディンズケール公爵はこうべを垂れた。

「……ですがあの一族の薬は、猊下。まだあなたに必要です」

「わかっておる。そうでなければアーバスノットなど、とうに死なせておったわ」

怒りの滲むその声音に、ディンズケール公爵は男を見上げた。

「しかし朗報もございました。――入れ替わりの禁術は、確かに存在した」

「――……そうだな。これでようやく、我が悲願が達成される」

ディンズケール公爵の言葉に一瞬の間を置いて、男がぐっぐと音を立てた。

◇

どうやって広場にまで辿り着いたのか、よく覚えてはいなかった。気付けばリアムは広場にいて、喧騒の中、一人静かに立ち尽くしていた。

立ち止まっているリアムの背に誰かがぶつかり、転んだ。舌打ちと共に短い罵声が浴びせられたが、ぼんやりと霞む思考には、その意味も擦りむいた膝の痛みも届かなかった。

何も思い出せない。

揺らぐ思考の中でわかるのはただ一つ、自分が確かに誓いを破り、あの人を裏切ったということだ。

「……」

「『リアムさん』」

掠れた声で何かを呟こうとした時、幻聴が聞こえて頭を持ち上げた。

逆光に照らされる淡い金髪の女性が、リアムに手を差し伸べている。表情は見えないがきっと彼女は、美しい紫色の瞳に心配そうな色を宿し、自分を見ていることだろう。

目にして唇を戦慄《わなな》かせ――瞬間気付いた違う気配に、ハッとする。

その反応を見た女性が、微かに笑う気配がした。

「あら、ずいぶんな反応ね。つい昨日まではどこぞの情けない男のように、あれほど私にべったりだったではないの。そうね、まるで私を――……監視していたみたいに」

「……」

「お前だけが最初から違う目的で動いていたことに、この私が気付かないとでも思っていたの？」

そう言いながらその人は、獲物を追い詰める猫のように瞳に愉悦を滲ませて、にっこり笑った。

「仔鼠さん。お前が今どんな楽しいお話をしてきたのか、私に教えてもらえるかしら？」

◇

月に一度、錬金術師であるフレデリック・フォスターは、アーバスノット侯爵邸へと訪れる。

（――初めて使いに出た時からずっと、侯爵は王都から離れた別邸に住んでいたが）

しかし最近では、王都にあるこの本邸に戻ってきている。

おかげで随分と、通うのに楽になった。馬車は苦手だし、フレデリックは方向音痴だ。月に一度の遠方への旅は、なかなかこたえるものがある。

魔術師だったら転移魔術を使えるのに、とフレデリックはうっすらと思う。そんなことを言えばフレデリックの義父は非常に怒るだろうが、実際のところ羨ましいものは羨ましいのだった。

そんなことを考えながら、フレデリックが通された応接室でアーバスノット侯爵を待っていると。

「――失礼。待たせた」

アーバスノット侯爵が、小脇に何やら論文のような紙の束と、手紙を持って入ってきた。

(珍しいことだな)

アーバスノット侯爵邸に赴いた時、待たされることはある。アーバスノットの血を引く者は製薬中、皆時間を忘れるほどの高い集中力を持つという。

しかし今回アーバスノット侯爵は、どうやら何か読書をしていたようだ。

彼の心をそこまで掴む読み物は珍しい――と思いかけ、ふとつい先日、花祭りで活躍した二人の女性のことを思い出す。

「粗茶だ」

「ありがとうございます」

侯爵自ら手際よく淹れた紅茶が差し出され、フレデリックはそれを恭しく受け取りながら、口を開いた。

「あなたのご令孫が、また手柄を立てたようですね」

フレデリックの言葉に、侯爵は返事もせず、じろりとフレデリックを睨んだ。

「さすがは比類なき才を持つアーバスノットだと、話題になっているようですよ」

フレデリックの言葉に、侯爵は微かに眉を寄せた。

調薬に魅せられ、才に恵まれたアーバスノット。

彼がその血を呪いのようだと思っていることは、フレデリックにはよくわかる。

「彼女は非常に面白いですよ。常に凶星に囲まれている」

「興味がない」

「はは」

侯爵が淹れた茶を飲む。

ほのかに甘みのあるこの茶は、かつて侯爵の妻が彼のために淹れていたという、秘伝のハーブティーなのだそうだ。

遺すべき形見を間違えた哀れな男を眺めながら、フレデリックは小さく呟いた。

「……気を付けてと言ったのに。彼女はおそらく、まだ自分の危機に気付いてはいない」

木漏れ日のように柔らかに輝くあの星は、自分にかかる雲の影に当分気付けないだろう。

「……ただ、彼女は良くも悪くも悪運が強そうだ。心配なのは、もう一人のご令嬢の方ですね」

「興味はない」

「今度は本当に興味がなさそうですね」

軽口を叩くと、またもやじろりとした視線が向けられる。

その視線に苦笑しつつ、フレデリックはその星のことを思い出す。

（ヴァイオレット・エルフォード）

あれは輝くばかりの星だった。

ソフィア・オルコットの輝きが木漏れ日だとするならば、彼女の星は燃え尽きる瞬間の、ろうそくの炎によく似ている。

その未来を口には出さず、フレデリックは何も言わずにお茶を飲む侯爵を見る。

――二度と人を診ないと決めながらも、薬を作り続ける男。

アーバスノットが生み出す奇跡の薬は、その血に善良さが溶け込んでいるからなのだろうと、フレデリックは思っている。

「――……相変わらず、このお茶はとても優しい味がします」

浮かんだ言葉を呑み込んで、フレデリックは穏やかに微笑んだ。

書き下ろし特別編

贈り物

Me ga sametara
Tougoku sareta
Akujo datta.

貧民街にいる時のこと。

「貴族ってのは、本当に凄いんだね」

洗濯物がよく乾きそうな、青い空の下。

大量の洗濯物と格闘している私に、同じく洗濯に精を出している女性の一人がそう言った。

「あんな小さな体で荒れた男どもを従えてるなんて、何の冗談かと思ったよ」

その言葉に、周りで同じようにお洗濯をしたりお掃除をしている女性達が大きく頷く。

「本当にねえ」と声をひそめて、口々に話し始めた。

「あんなちっちゃい、薄っぺらい体でさ。よくあれだけの威圧感を出せるもんだよね……」

「根っから貴族なんだろうね。あの幼児体形のハンデをものともしてないんだから、ほんと大したもんだよ」

「…………」

悪意のない言葉が、グサグサと私の心を刺す。

しかしながら実際にその通りで、ぐうの音も出ない。本当によくぞ威圧感からほど遠いあの体で無双ができるものだと、私は噂をされている幼児体形の女性――私《ヴァイオレットさま》に、目を向けた。

屋外に不似合いな座り心地の良さそうな椅子に腰掛け、髪染め剤作りに精を出す男性陣を観察しているヴァイオレットさま。

その一切の容赦を感じない眼差しには、確かにあの体には似つかわしくない威圧感がみなぎっている。

「まあ、一口に貴族といっても色々な人がいるのはわかったけどさ……」

思わず遠い目をする私の耳に、そんな歯切れの悪い言葉が聞こえた。

同時に視線を感じて顔をあげると、女性達はどこか可哀想な生き物を見るような、励ますような目を私に向けていた。

「……でもヴァイオレット様は、ものすごく綺麗ですから！　雰囲気はともかく、顔立ちには気品ってもんがありますし！」

「そうそう、ソフィア様もお綺麗ですけど、ヴァイオレット様のスタイルの良さは圧勝です！」

「…………ありがとうございます……」

優しさが傷口を抉っていく。

心の中で涙を流しつつ、私はそうお礼を言った。

すると女性達が顔を見合わせて、「本当に貴族らしくないですよね」と心配そうに眉を下げる。

「ヴァイオレット様……そんなんで、貴族社会でやっていけてたんですか？」

「カーター達はヴァイオレット様を『なぜか超ド級の極悪悪女と呼ばれてるすごい貴族』って言ってましたけど……流石に嘘すぎますよね？　死にかけのセミの方が悪いことできそうだし」

「まさか悪い人の使いっ走りか何かをさせられて、そんな噂を……？」

ものすごく心配されている。

痛ましそうな顔で私を見る彼女達に驚いて、「大丈夫です。やっていけてます」と慌てて言った。

「こ、こう見えても私は、普段は堂々と貴族らしく振る舞っていますので……！」

大嘘だけれど、完全なる嘘ではない。この体の持ち主ヴァイオレットさまは、それはもう誰よりも堂々としている。

しかし、疚しいことは疚しい。

なんとなく目を合わせられない私に女性達が顔を見合わせて、更に痛ましそうな目を向けた。

強がっている可哀想な子を見る目に、私は「本当です！」と焦りながら弁解をした。

「ええと……貴族とはどのような状況下に於いても、思い通りに場を切り抜けられるものというか……私も社交界では、悪女と恐れられるくらいのハッタリを利かせていますので……」

「ハッタリ……？」

なんだか微妙そうな顔をしつつも、納得してくれたらしい。

「うまくやってるならよかったですよ」と言いつつ、「あたし達が知ってるような貴族とヴァイオレット様が、あまりにも違いすぎましてねえ」と苦笑した。

「悪い意味じゃなくて、助かってるんですよ。ほら、消毒薬やら洗剤やら薬やらの作り方も教えてもらって」

「そうそう。洗濯とか掃除とかもね、こうして手伝ってくれてるし。本当にありがたいですよ」

「いいえ、消毒薬もお薬も、本当に簡単なものですので……」

女性達の言葉に少し照れつつ、私はそう言った。

ヴァイオレットさまが『髪染め剤を作るためには清潔が何より大切』と言ってくださったことで、

貧民街の方々は衛生環境を整えようという意識を持ってくれるようになった。

けれど、今までの環境を変えるのはとても大変なこと。

今まで当たり前だった環境をただ変えろと言われても、何をどこまでどうすれば良いのか、と言うことは多分きっと、分かりにくい。

そのため一緒にお掃除やお洗濯をして環境を整えつつ、合間に身近な材料で作れるものたち——簡単な消毒薬や洗濯洗剤の作り方、そして簡単なお薬の作り方をお伝えしたのだった。

「そうはいっても、あの子……ルーナの病気も診てるんですよね？　忙しいじゃないですか」

「あ、いえ、それは大丈夫です！　お洗濯やお掃除は、空き時間だけのお手伝いですし」

基本的に私は普段、ルーナちゃんの薬作りにかかりきりになっている。

しかし薬作りは、大抵待ち時間が発生する。研究所にいる時はその待ち時間も全て薬作りに関わっていたけれど、ここではその時間はルーナちゃんとお喋りの他、こうしてお手伝いをすることに使っていた。

あのヴァイオレットさまが、貧民街の方々のために手を尽くしているのだ。私もできる限りのことをしなければ、面目がたたない。

「ヴァ……ソフィアさまに比べたら微力ですが、私も生活を整えるお手伝いができれば」

「まさか！　微力なんてことは全っ然ないですよ」

私の言葉に、女性達が首を振る。

それからヴァイオレットさまに目を向けて、「確かにあの方はすごいですけど」と、再び感嘆交じりのため息を吐いた。

「髪染め剤が花祭り以降も売れるかは――特に貴族に売れるのかは、正直まだ半信半疑ですけど。でもその日食べる食事にも事欠いていたあたし達が、こうして身の回りを綺麗にする余裕ができたことも、先のことにちょっと希望が出てきたのも、髪染め剤のおかげですからね」

「そうだねえ。食べ物を買ってもまだお金があるんだもの」

「あたしはもう少し落ち着いたら、子どもたちに何かプレゼントを用意してやろうと思ってるよ」

「あ、いいね。あたしも子どもと……それから、旦那に洗剤でもプレゼントしてやろうかな、少しは綺麗にする手伝いをしろって。ヴァイオレット様、超大容量の洗剤を作りたいんですけど、手伝ってもらえます？」

そんなことを話す女性達の表情の明るさに、なんだか心がほっこり温かくなる。

「洗剤にも使用期限がありますので、超大容量はやめた方が……」

そうやんわりと止めつつ、代わりに豆果が洗剤になる樹木があるのでそれを一緒に育てるのはどうかと提案する。

「実がなるまで時間はかかりますが、体も衣類も家も洗えるとても良い洗浄剤になりまして、それを植えたら孫子の子どものそのまた孫にまで受け継がれる素敵なプレゼントに……」

「そ、それはちょっと……」

やんわりと断られてしまった。

それでも種子が手に入ったら貧民街のあちこちに植えてみようか、と女性達が話し出す。

「旦那へのプレゼントは雑巾にしとくよ。刺繍でも入れとこうかね」

「あたしは子どもに髪紐でも作ろうかね」

手を動かしながら、にこにこと女性達がプレゼントについて話し合っている。

その声音にこちらまで楽しい気持ちになりながら、私は洗濯物を擦る手に力を込めたのだった。


「プレゼントかあ……」

洗濯を終えて、朝に冷ましておいたお薬も、そろそろ良い頃合いだろうと自室へ向かう途中。

私は自室までの廊下を慎重に歩きつつ、きょろきょろと廊下の端から端までを捜し見ていた。

――やっぱり、ないなあ。

女性達の会話に子ども達も喜ぶだろうなあと軽くなっていた足取りが、徐々に重くなる。

足を止め、廊下の窓ガラスに映る自分の頭を眺めながら、私は途方に暮れたような気持ちで小さくため息を吐いた。

「本当に、どこにいったんだろう……」

捜しているのは、クロードさまからいただいた髪留めだ。

ここに来た初日。カーターさんに髪をつかまれた拍子に落ちてしまった髪留めが、あの後どこを捜しても見つからないままでいる。

ヴァイオレットさまにもそれとなく尋ねてみたけれど、知らないとのことだった。

ならばカーターさんにも聞いてみようと思ったけれど、尋ねた瞬間に顔面蒼白となり、睡眠返上のまま見つかるまで捜し回る未来が見える。

お金のことになるとタフになる方とはいえ、あれ以上の心労を重ねたら胃がおしまいになるはずだ。いくら大切なものとはいえ、薬師としては誰かの健康を最優先にしなければならない。

もしかして、他の方が拾ったのだろうか。

そうも思ったけれど、あれだけ恐怖政治を敷いている私《ヴァイオレットさま》の持ち物を隠し持ったり売ったりするということは、考えにくい。見つかったら最後、裸どころの騒ぎではないだろう。

きっと、どこかにはあるはずだ。諦めずにあとでもう一度捜してみよう。

そう気を取り直してもう一度歩き出そうとした、その時。

「ヴァイオレット様」

「リアムさん」

後ろから声をかけられて振り向くと、リアムさんだった。

なんだか気まずそうな顔をしている彼に、どうしたのだろうと首を傾げる。

「どうかしましたか？」

「……あの、これを」

「え？　……あ！」

リアムさんが差し出したのは、間違いなく捜していたあの髪留めだった。

「すみません。お二人がここにいらした日、床に投げ出されたものを拾ったのですが……どうお返ししたら良いものか、悩んでいて」

そう言うリアムさんに、なるほど、と納得する。

リアムさんはまだ十三、四歳。刃物を持った大の大人を屈服させたヴァイオレットさまは、さぞかし怖かったはずだ。

気持ちはとてもよくわかる。私だったら、話しかけるどころか視界に入ることすら怖い。

落ちていた髪留めを拾ったものの、渡すことができず。悩んだ末に、ソフィア《ヴァイオレットさま》より身分の高いヴァイオレットさま《私》に、託すことを決めたのだろう。

ありがたいことだ。喜びに緩む頬を必死で引き締めつつ、髪留めを受け取る。

「ありがとうございます！　……と、ソフィアさまも思うと思います！　責任を持ってお返ししておきますね」

本当にとても嬉しい。よかったなあ、と思うとついつい力が抜けて、安堵のため息が出た。無くさないよう、慎重に懐に仕舞う。

視線を感じて顔を上げると、リアムさんが神妙な顔つきでこちらを見ていた。不自然に思われないよう、「これはソフィアさまの大切なものでして」と弁解する。

「なんでも大切なお友達からもらったものだそうで」

「お友達」

ちょっと驚いたような顔をしたリアムさんに、「そうなんです」と若干照れつつ笑う。

「就職祝いにと頂いたものだそうです。その他にも、いつもお世話になっているそうで……」

本当に、とてもお世話になっている。

私が誘拐されたことを知り、急いで一人駆けつけてくれたことだけでもその優しさが偉人レベルなことがわかる。あらためて、クロードさまには頭があがらない。

しみじみとそんなことを思っていると、リアムさんが一瞬沈黙をし、「素敵なご友人ですね」と微笑んだ。

「それでは僕は、今から出かけてくるので……すみません。失礼します」

「お気をつけて。あの、髪留めをありがとうございました。ソフィアさまに代わってお礼を言います」

私がそう言うと、リアムさんはぎこちない微笑を浮かべて、足早に去って行った。


「なるほど。だからみんな、何かを作っているのね」

仕上げを終えた薬を持って、ルーナちゃんの部屋へと来た。

診察をしながら、先ほどの女性達との会話をルーナちゃんに話すと、窓の外に目を向けたルーナちゃんは、得心がいったというふうに頷いた。

「休憩時間はいつもお話をしたり休んでるのに。みんな集中して何かを作ってるから、なんだろうと思ってたの」

私も同じように、窓の外に目を向ける。

確かに昼食の時間を取っているはずの女性たちは食事もそこそこに、刺繍をしたり布を何かを糸を結っていたり木を削ったりと、めいめいに何かを作っているようだった。

楽しそうなその様子にほっこりしながら眺めていると、どこか遠い目をしていたルーナちゃんが、静かに口を開く。

「私はね、小さい頃、魔術師ごっこが大好きで。お父さんが木を削って、こっそり魔法の杖を作ってくれたの。今でも大事に持ってるんだ」

すごく幸せな思い出なのだろう。少し寂しそうに、けれど嬉しそうに微笑んでいる。

「お母さんはうさぎのぬいぐるみを作ってくれてね。私はお返しにたんぽぽで花冠を作ってあげたの。すごく上手だったのよ」

「それは、とても素敵ですね」

「そうでしょう？　私、プレゼントを貰うのも大好きだけど、プレゼントをするのはもっと好き！」

そう言いながら窓の外を見ていたルーナちゃんが、「だから少しだけ悲しいの」と睫毛を伏せた。

「お兄ちゃんはいっぱい働いて私にたくさん薬を買ってくれたのに、この手じゃ何もできないから、お返しもあげられない」

そう儚く笑うルーナちゃんに、胸が締め付けられる。

どんな声をかけて良いかもわからず言葉に詰まる私を見て、ルーナちゃんが「だからヴァイオレットさまが来てくれて本当によかったあ」とにっこり微笑んだ。

「だって、治ってきてるもの！　このまま治ったら、お兄ちゃんに素敵なものを作るんだ」

それまではお預けだけどね、とルーナちゃんが言う。

「……私、良いお薬が作れるよう、頑張りますね」

絶対に治してみせる、と断言できないのがもどかしい。それでもできることは全てやろうと考えつつ、私は先ほどのリアムさんの姿を思い出した。

最後に見せたぎこちない微笑みが、なんだか見ていると切なくなってしまうような、儚い笑みに見えたのだ。

お互いのために頑張っているリアムさんとルーナちゃんに、他に私ができることはあるだろうか
……と暫し考えて、顔をあげる。

「……ルーナちゃん。よかったら、一緒に作りませんか？」

「え？」

「たとえば、こう、布に針をぷすぷすと刺すタイプの刺繍なんてどうでしょう？　針に糸を通すことは私がやりますので」

私の言葉に、ルーナちゃんが目を丸くする。

その姿に、私は「お恥ずかしながら、私は手芸のたぐいは苦手なのですが」と情けなく眉を下げた。

ヴァイオレットさまから淑女教育の一環として刺繍を学んだ私は、『底辺』という評価をいただいている。しかしそんな私にもできたのがこの刺繍なので、図案さえ簡単であればできるはずだ。

「頼りない相棒で申し訳ないのですが、それでも二人でやればできるはずです」

「……うん！」

ルーナちゃんが満面の笑みを浮かべる。どうやら喜んでもらえたようだ。

「では、私は材料を借りて来ます！」

よかったと安心した私は、急いで外に向かう。向かう先はカーターさんのところだ。

ヴァイオレットさまの無茶振りに即座に応えられるよう、あらゆるものを用意しているというカーターさんは、「こういうものが欲しいのですが」と頼むとすぐに出してくれる。

今回の材料も、「ありますよ！」と、どこから取り出したのか、刺繍の本、それから色とりどりの刺繍糸や剣山状の刺繍針、それから布地を差し出してくれた。すごい。

何度もお礼を言って、ルーナちゃんのお部屋へと戻る。わくわくした様子で待っていたルーナちゃんに微笑みつつ、「それでは早速始めましょうか」と言った。

「わあ、できてる……！」

ぷすり。ひと針刺した瞬間、布地に埋め込まれた刺繍糸に、ルーナちゃんが感動した声をあげる。

その楽しそうな、嬉しそうな顔と刺繍を見て、私は「できてますね！」と歓声を上げた。

図案を描いたハンカチに、ぷすぷすと針を刺していく。選んだ青い刺繍糸が布地にもこもこと埋め込まれていき、徐々に形になってきた。

図案はルーナちゃんが考えたもの——今回は、デフォルメされた簡単なわんこだ——を、私が描いた。周りにはお花も咲いている。

少しへろへろなわんこではあるけれど、味があってなかなか可愛いのではないかと思う。

「お兄ちゃんはね、犬が好きなの」

真剣な表情で布地を見つめながら、ルーナちゃんがそう言った。

「なるほど。だから犬なんですね」

「そう！　好きなものが描かれていたら、もっと嬉しくなるでしょう？　好きなものを好きなように作れるから、手作りってとても素敵だと思うの」

まあ、一番はお安いからなんだけどね！　とたくましく笑うルーナちゃんに、釣られて笑う。

そのまま他愛ないお話をしながら楽しそうに刺繍をするルーナちゃんが、ふと何かを思いついたように顔を上げた。

「ヴァイオレット様は、誰かに何かを贈らないの？」

「私、ですか？」

うん、と微笑むルーナちゃんに、少し考える。

「ヴァ……ソフィアさまには、日頃のお礼に何かお渡ししたいなあと思っているのですが。私の作ったものがお眼鏡にかなうかといえば、まず、かなわないと思います」

「そうなの……」

ルーナちゃんが少し残念そうな顔をする。

せっかく楽しそうだったのに、これではいけない。他には……と少し考えて、次に浮かんだのはナンシーさんをはじめとする、王宮薬師の先輩達だった。

ナンシーさん達なら私の作ったものでも、受け取ってくれそうだ。心配をかけているお詫びもしたい。

「他にお渡ししたい方といえば、王きゅ……」

うっかり王宮薬師の先輩達と言いかけて、口を押さえる。

そんな私にルーナちゃんが、「王宮⁉」と、パッと顔を輝かせた。

「そういえばヴァイオレットさまはとても偉い貴族なのよね！　王宮？　王宮にプレゼントを贈りたい方がいるの⁉」

綺麗な目をきらきらと輝かせて、ルーナちゃんがそう尋ねる。なんて誤魔化したらいいのだろうと必死で考えた頭に、浮かんできたのはクロードさまだった。

「お、王宮に勤める、騎士さまで……」

「騎士様！」

ルーナちゃんの目が、更にきらきらと輝く。

「どんな方なの？　かっこいい？」

「ええと……はい、とてもかっこいいです！　それにとても優しくて、真面目な方で……」

他にもいいところはたくさんある。剣も強くて美味しいものを選ぶのがお上手で……と、私はクロードさまの良さを熱弁した。

「いつも本当にお世話になっていて。お礼の品をお渡ししようと決めていたのですが……」

しかし、既製品を買おうと思っている。

そう途中まで言いかけた言葉を、ルーナちゃんの「素敵！」という言葉が遮った。

「それならなおのこと、いいタイミングだわ！　一緒に作りましょう？」

そう言うルーナちゃんに慌てて、私は「買った品を贈ろうと思ってるんです」と言った。

「え……どうして？」

「ご無事と健康を祈願して、剣に飾る飾り紐を贈ろうと思っているのですが。どうやらそれを手作りするのは、婚約者か恋人だけだそうで……」

私の言葉に、心底不思議そうな顔でルーナちゃんが首を傾げた。

「どうして？」

「ど、どうして……？」

答えに窮する。考えてみればどうしてなのか、まったくわからない。

うんうんと悩んだ末に、ギブアップをした。そもそも婚約者か恋人云々というのも、ナンシーさんとノエルさんの会話を聞いて察したものなのだ。

「何故なのかは、ちょっとわからないのですが……。しかしその方は独身で今は婚約者もいらっしゃらないので、変な噂が立ったら申し訳なくて」

ただでさえ、以前クロードさまからプロポーズをしていただいたことがある身の上だ。あれが思いやりによる救済行為だと知らない方々の目に触れたら、変な勘違いをされてしまう。

「変な噂を流されるのが嫌なのなら、その騎士さまは『友達から貰ったけれど、婚約者でも恋人でもないよ！』って言うんじゃないかしら！」

渋る私に、ルーナちゃんが少し必死さを感じさせる表情でそう言った。

「それに無事を祈るためのものなら、無事でいますようにって気持ちを込めて自分で作った方が、神様が守ってくれそうな気がするわ」

「た、確かに……」

言われてみれば、そんな気もする。

しかしだからといってご迷惑をかけるわけには……と私が悩んでいると、目を伏せたルーナちゃんが、「それに」と小さな声を出した。

「……ヴァイオレットさまと、一緒に何かを楽しみたくて」

「ルーナちゃん……！」

あまりのいじらしさに、胸がきゅん、と締め付けられる。もじもじと恥ずかしそうに俯くルーナちゃんに、「作らない」とは言えるはずがない。

——作ったとしても、必ず渡さなきゃいけないわけじゃないし……。

一瞬で陥落した私は、そう自分に弁解しつつ。

ルーナちゃんに向かって、「一緒に作りましょう」と拳をあげた。


それからもう一度カーターさんの元に行き、飾り紐の作り方が載っている本や、その他の材料を用意していただいた。

カーターさんは本当になんでも持っている。もしや四次元に繋がるポケットをお持ちなのではないだろうか。

そんなことを思いつつ、作り方が載っている本を眺める。まずは色を選ぶようだ。びっくりするくらいたくさんある色の中からどれにしようかと、真剣に選ぶ。

うんうんと悩んでいると、一つの色に目が留まった。

手に取ると、ルーナちゃんが「綺麗な色ね」と声をあげる。

「それにするの？」

「はい。……この色、とても好きなんです」

それはクロードさまの目とよく似た碧色だった。素敵な色を見つけられたことに満足してほくほくし、次の手順を確認する。

するとルーナちゃんの「うふふ」という笑い声が聞こえて、私は顔を上げた。

「ごめんなさい、ヴァイオレット様がすごく真剣で、とても楽しそうだったから」

若干の恥ずかしさを感じつつ、「まだ色を選んだだけですが……」と口を開いた。

「確かにこれは、なんだか楽しいです」

「そうよね！」

嬉しそうに頷くルーナちゃんとお話をしながら、時には黙々と、進めていく。集中して手を動かす私の耳に、「できた！」という声が聞こえた。

顔を上げて糸の始末をお手伝いし、刺繍が解けないように布に使える接着剤で固めた。このぷすぷすと刺すタイプの刺繍は解けやすいので、こうして固める必要があるのだ。

できあがったその刺繍をみて、ルーナちゃんが満足気に「うまくできた」と口元を綻ばせる。

「ほら、このわんこ。この、スン……とした口元が、お兄ちゃんにそっくりでしょう？」

そう言われてじっくりと見ると、その犬の刺繍は確かに、そこはかとないニュアンスがリアムさんに似ているような気もする。

「お兄ちゃん、喜んでくれるかなあ」

嬉しそうな、少しだけ不安そうな顔をするルーナちゃんに「大丈夫ですよ！」と大きく頷く。

「もしも私がリアムさんだとして。ルーナちゃんからこんなに素敵なハンカチをもらったら、あまりの嬉しさに泣いてしまうと思います」

「ええ……泣かれるのは、嫌だなあ」

そんなことを言いつつ「ヴァイオレット様がそう言うなら喜んでくれるよね」とルーナちゃんがにっこり笑う。

「ヴァイオレット様の飾り紐の完成も楽しみね。きっと、すごくすごく喜んでくれると思うわ！」

「そうですねえ……」

手元に目を落とす。超初心者の私が作る飾り紐の完成は、まだまだ時間がかかりそうだ。

お渡しする予定はないけれど……。

「まずは完成目指して、頑張ってみます」

なんだかこの飾り紐に、すでに愛着が湧いてしまっている。いずれ完成したものが見たいので、のんびり気長に、しかしコツコツ頑張ろう。

そんなことを考えながら、ルーナちゃんの刺繍も終わったタイミングということで、私は一旦自室に戻ることにした。試したい薬の調合が、まだまだあるのだ。

「また一緒に刺繍してね」

お片付けを終えて部屋に戻ろうとする私に、ルーナちゃんがにこにこと笑った。

「他にもあげたい人がたくさんいるの。お兄ちゃんの職場の人に、カーターお兄ちゃんに、それから……」

次々と名前を挙げていくルーナちゃんに、私はふふ、と笑った。

「ルーナちゃんは、本当にプレゼントすることが大好きなんですね」

私の言葉に、ルーナちゃんが「うん！」と大きく頷く。

「だって贈る相手のことを考えながらプレゼントを作ると、相手のことも自分のことも、もっと好きになるでしょう？」

ルーナちゃんのその言葉に驚いて、小さく息を呑む。その素敵な考えが、びっくりするくらいそうだなあと、すとんと納得できたからだ。

確かにそうかもしれないと、手元の碧色に目を落とす。

渡す当てがないものとはいえ、一本一本、丁寧に手を動かしている間。

私の心の中にあった感情は、クロードさまの喜ぶ顔や、末長く無事でありますように、という柔らかなものだけだった。

誰かを大切に思う柔らかな気持ちは、そのまま自分の気持ちも包んでくれる。

贈り物とはすごいものだなあと、私は心の中で感嘆した。

「確かに。ルーナちゃんの、言う通りです」

そう私が微笑むと、ルーナちゃんは「そうでしょう？」と、誇らしそうに胸を張った。

書き下ろし特別編

薬師のクローゼット

Me ga sametara
Tougoku sareta
Akujo datta.

「お二人にお聞きしたいのですが。服を選ぶとき、人はどのような基準で決めるのでしょうか？」

王宮薬師寮の、自室で。

ナンシーさんに誘われ、ノエルさんも含めた三人でまったりと女子トークをしている最中。私は二人にそう尋ねてみた。

「服を選ぶ基準？」

私の急な質問に、ナンシーさんとノエルさんが目をぱちぱちと瞬かせた。

「はい」と答えながら、神妙な顔で頷く。

「人がどのように服を選ぶのか、後学のためにお聞きしたくて……」

「まあ……。まるで、人間を始めたばかりの魔物みたいなことを言うのねえ」

「えっ、い、いえ、ずっと人間ではあるのですが……」

そもそも人間を始める魔物がいるのだろうか。

ナンシーさんの言葉に首を振りながら、私は着ていた一張羅のワンピースがよく見えるよう、両の腕を軽く広げた。

「ご存じの通り、お恥ずかしながら私が持っている他所行きの服はこの一枚のみでして。この間お二人に色々とおしゃれについてアドバイスをいただいたことをきっかけに、もう少し服を買おうかと思ったのですが……」

そう言いながら私は、つい先日ヴァイオレットさまのお家で見せてもらったお洋服のカタログを思い出した。

『少しはマシな服を着たらどうなの？』と差し出されたそのカタログは、載っているのは殆どがドレスで。私が身につけられるようなワンピースは、割合としてはごくごく僅か、だったのだけれど。

「服って……本当に色々、それはもうたくさん、種類があるようでして……」

私の予想を遥かに上回る量のデザインが、そこには載っていたのだ。

ざっと百はあるだろうそのデザインの中から何をどう選べば良いのかわからず、途方に暮れてカタログを閉じた。

あの膨大な量の中から、人はどのように自分が着る服を選んでいるのだろう。

今まで私にとって服とは、着られれば良い、というものだった。ほつれたり穴が開いていなければ幸運で、寒さを凌げれば最高だなあという程度の感性しかない。

今のこの服だって、ジュリアが「地味」と言って着なかった服のお下がりだ。三つ下のジュリアと同じ体形なのは悲しいけれど、ぴったりなのでありがたく身につけている。

そんなおしゃれ力たったのゼロな私に、ノエルさんが少し考えて「私も服にあまり興味はないのですが」と慎重に口を開いた。

「私の場合は、動きやすさを重視します」

「なるほど……！」

確かに動きやすさは大事な要素だ。ノエルさんの言葉に盲点だったと感銘を受け、メモをとる。

「確かにノエルさんからお借りしたお洋服は動きやすかったです。それだけではなくて、私にも素敵だなあとわかるものでした。他にも秘訣が……？」

「はい。実際にお店に行き、私と年齢や体形が似ている店員の方が着ているものを、上から下まで全部くださいと言って買っています。もちろん、動きやすさや洗濯のしやすさなどを考慮した上で購入しますが」

「そんな裏技が……！」

確かにお洋服のプロの方が着ているものに、間違いはないだろう。

合理的な発想がさすがだなあと心から感心しつつ、私はナンシーさんに目を向ける。

「ナンシーさんは色々なお洋服を着られているようですが、それはどう選ばれて……？」

彼女はとてもおしゃれさんで、いつも可愛らしい服装や色気たっぷりの服装、カジュアルな服装など、幅広いジャンルの服を身につけているのだ。

「私の基準は簡単よ」

私の質問にナンシーさんがおっとりと、しかしどこか色気のある笑みを浮かべる。

「その日デートする男性が好きなタイプの、体のラインが綺麗に出る服装を選ぶの」

「なるほど……」

デートという概念から程遠い私には、前半はちょっと参考にできなさそうだ。

しかし体のラインが綺麗に出るお洋服というのも、盲点だった。

もしも私の幼児体形を綺麗にカバーし、スタイルの良い大人の女性に見えるような服があったらとても欲しい。

そんな強欲なことを思いながら、力強くメモに認《したた》める。ちょうどその時、扉をコンコンとノックする音がした。

ナンシーさんが返事をすると同時に、入ってきたのはスヴェンだ。

「ソフィア。こないだ貸りた本を返しに……って、みんなここに集まってるのか」

先日貸していた本を手に持っているスヴェンが「何してんの？」と言いながら、私に本を差し出した。

それを受け取りながら、「今、二人に服を選ぶ基準を聞いていて」と答える私に、スヴェンが怪訝そうな顔をした。

「服の選び方？　十六歳にもなってなんでそんな人間始めたてみたいな質問を……」

つい今し方同じようなことを言われたなあ、と思いながら、私は服に興味がなかったことと、世の中には服の種類がありすぎてどう選んだら良いのかわからない、と思ったことを説明する。

「それで二人に、服はどう選ぶのかを聞いて」

そう言いながらメモに取った方法をスヴェンに伝えると、スヴェンは呆れと憐れみを交えた目を私に向けて、「聞く相手が間違ってるだろ」と言った。

「いや、別に間違ってはいない。間違ってはいないけど、おしゃれをしようという幼児でも芽生える情緒がようやく育ち始めた草おたくに向けるアドバイスとしては、大前提が足りてないだろ」

「大前提？」

なんだかさらりと罵倒されているような気がするな、とは思いつつ、首を傾げる。

するとスヴェンは呆れたように「この間おしゃれをしたのが楽しかったから、新しい服が欲しくなったんだろ？」と言った。

「だったら選ぶのは、着ることを考えるとわくわくしたり、楽しくなるような——自分が好きな服を着ればいいんだよ」

「……！」

まったく予想していなかった言葉に、目を見開く。

「まあ。スヴェンったら、良いことを言うのね」

意外だわ、と感心したように言うナンシーさんに、スヴェンが「お前らがぽんこつなんだよ」と呆れたような顔をした。

「ただ、最初は自分が好きな服を選ぶのも勇気がいるだろうから。とりあえず慣れるまでは、『なりたい自分が着てそうな服』を基準に選んでみたら良いんじゃないか」

「なりたい自分が着てそうな服……」

「憧れから広がるおしゃれもあるだろ」

確かに……！　と、私が目から鱗を落としていると、横のナンシーさんがおっとりとした仕草で頬に手を当てた。

「驚いたから二回言うけれど、本当にスヴェンったら良いことを言うのねえ」

「大事なことだから二回言うけど、お前らがぽんこつなんだよ……」

じゃあ本、返したから。そう言いながらスヴェンが部屋を出て行く。その後ろ姿に感謝の祈りを捧げていると、横のナンシーさんが「なんだか今回は」と肩をすくめた。

「スヴェンに良いところを持っていかれちゃったわね」

「同感です」

そう肩をすくめる二人に、「お二人の意見もとても参考になりました！」と慌てて言った。

「服を選ぶ参考にします。それになんだか……こういう話、楽しいです」

私の言葉に二人が目を丸くする。

そして次の瞬間にふふっと笑い、「そうね」「そうですね」と頷いた。

「じゃあ次のお休みは、みんなでお店に行ってみましょうよ。私も新しい服が欲しいわ」

「そうですね」

「わあ、ぜひ！」

お話も楽しかったけれど、みんなで服を選ぶのはとても楽しそうだ。それだけでわくわくする。

そうだ。次にヴァイオレットさまのところに行くときは、そのとき買った服を着ていこう。

「近くに美味しいケーキ屋さんもあって……」と話し出したナンシーさんの言葉につい大きく興味を引かれつつ、私はわくわくとそんなことを思ったのだった。


そうして選んだ新しい服に身を包み、エルフォード公爵邸へと訪れると。

私の姿を見たヴァイオレットさまが片眉をあげ、「まあ」と口を開いた。

「今日は珍しく服を着ているではないの」

「い、いつも服を着ていたのですが……」

「そうなの？　今までは少しマシな雑巾を着ているのかと思っていたわ」

さらりと酷いことを言うヴァイオレットさまに「服です……」ともう一度答えて、促された席に座る。

すると目の前のテーブルには紅茶と、たくさんのお菓子やスコーン、サンドイッチがのった三段重ねのお皿——ティースタンドというらしい——が用意された。

今日は練習ではなくお菓子を食べるのだろうか。そう思ってついつい目を輝かせると「今日はお茶会の練習よ」と冷ややかな声が降る。

「お前もいずれ、社交界に出るかもしれないでしょう？　きっちりとマナーを覚えておきなさい」

「社交界……」

淑女教育を頑張っていてもなお遠い言葉に、思わず復唱をする。

正直に言うと、社交界はとても怖い。生家が没落寸前で迷惑をかける人もいない以上、できれば今世はしがない薬師として、このまま参加せずに生きていきたいものだけれど……。

ちらりとヴァイオレットさまに目を向ける。

圧のある菫色の双眸に射竦められ、私は「頑張ります」と頷いた。

食べる順番などマナーを教えてもらい、悪戦苦闘しつつもお茶会を楽しむ。

相変わらずエルフォード公爵邸で出される食べ物は、全てが尋常じゃないくらい美味しい。

どんなに恐ろしい眼差しを向けられても色褪せない美味しさを出すシェフは、銅像を建てられても良いと思う。

そんなことを考えながら舌鼓を打っていると、目の前のヴァイオレットさまがやや気だるげに口を開いた。

「……それにしても。その洋服は、お前の見立てではないのではなくて？」

「さすがヴァイオレットさま」

驚いて目を見開く。確かにこのお洋服は、前回までのおしゃれ力ゼロな私が選んだ服ではないのだった。

「一応、自分で選んだものではあるのですが。仲の良い同僚にアドバイスをいただいて、服を選んでみました」

そう言って、小さく両腕を広げる。

動きやすく、体形が綺麗に見えて、かつ私の『憧れ』をちょっとだけプラスしたもの。

正直に言うと普段のワンピースの方が着慣れている分楽なのだけれど、たまのお出かけに着ると気分が高揚するような、そんな服だ。

「私、初めて服を買いに行ったのですが、とっても楽しくて……！　帰りにみんなでケーキ屋さんに行ってケーキを食べたのですが、なんと季節限定で桃がたくさん乗ったタルトがあって、それが瑞々しくて美味しくて、あれは全世界の人に食べていただきた……ヴァイオレットさま？」

「何？」

いつも通りの冷ややかな声だ。けれどなんとなくいつもよりも不機嫌なような気がする。

「いえ、あの……あっ、もしかして、スコーンが食べたかったとか？」

今しがた最後の一つを食べてしまった。しまったと口を押さえると、ヴァイオレットさまは「お前は何を言っているの」と心底不愉快そうな声を出した。違うらしい。

それでは一体何が原因で……と私が首を傾げると、ヴァイオレットさまが優雅に紅茶を飲みながら「別にどうでもいいことだけれど」と私に目を向けた。

「お前を躾けているのはこの私なのに、お前は他の人間に教えを乞うのね？」

「え？」

教えとは一体何だろう、と一瞬戸惑い、すぐに洋服のことを言われていることに気付く。

確かにヴァイオレットさまに色々と教えていただいている以上、一言相談するべきだったろうか。

——しかし。

あのオルコット伯爵邸の惨状を思い出し、私は慎重に口を開いた。

「す、すみません。ですが私に買えそうなものが、ヴァイオレットさまのお眼鏡にかなうとはとても思えず……」

「金額の問題？」

片眉を上げて馬鹿らしいとでも言うように、ヴァイオレットさまが呆れたようにため息を吐く。

「そんなもの、ヨハネスに一言言えばいいだけではないの」

「え？」

「お前の今までの功績なら、それなりの報奨を貰《強奪できる》えるでしょう？　——そうね、ダイヤモンド鉱山くらいは、容易いでしょうね」

「ダッ……⁉　と、とんでもない！　そんなに大層な活躍はしていません……！」

いくらなんでもその発想は、突拍子がなさすぎてとても怖い。必死で首を振る。

それでもまだ不満そうなヴァイオレットさまに、「以前庭園に畑を作らせていただいただけで充分です」と懇願した。ダイヤモンド鉱山なんて手に入れた日には、あまりの重圧に寝込むと思う。

衝撃に乱れた息を整えつつ、私は「それに」と口を開いた。

「私は今回、『綺麗に背筋を伸ばす人』に憧れて、それでお洋服を選んでみたのですが……」

今私が着ている服は、姿勢が悪くなると締め付けがきつくなり、う、と息が止まる。

しかし背筋を伸ばしている間は締め付けもなく、動き辛さもない。

それでいてまっすぐに伸びた背筋を美しく見せてくれるこの服は、体形のカバーもばっちりだ。

「なぜそうイメージしたのかと言うと。……いつ、どんな時でも姿勢が綺麗なヴァイオレットさまが、素敵だなと思ったからなんです」

これは紛れもない本心だ。

思えばヴァイオレットさまと初めて会ったオルコット伯爵邸での舞踏会でも、このエルフォード公爵邸でも、貧民街においても。

ヴァイオレットさまの背筋はいつでも凛と伸びていて、とても綺麗だったのだ。

「ですので、直接ヴァイオレットさまにアドバイスをいただいた訳ではないですが……。しかしヴァイオレットさまに教えていただいたも同然かな、と……」

「――……」

ヴァイオレットさまが、微かに目を見張る。

かと思うと次の瞬間、目をゆっくりと細めて、静かに口を開いた。

「――お前にしては、目の付け所が悪くはないわ。姿勢は全ての基本だもの。――その服も、以前の地味な雑巾服よりははるかにマシだものね」

あのお洋服は、まだまだ着るつもりだとは言い辛い。

絶対にヴァイオレットさまの前では着ないように気をつけよう……と思ったところで、ふとよぎった違和感に、私はあら？　と、首を傾げた。

まじまじと、ヴァイオレットさまに目を向ける。

――なんだか、ヴァイオレットさまの、機嫌が直っているかもしれない。

絶え間なく噴き出ている威圧感のせいか、はたまた貴族の嗜みなのか。ヴァイオレットさまの感情はわかり辛い。

しかし眉のあたりの険しさがなくなり、ほんの少し、目元が柔らかくなった気がする。

もしや私の練習の成果がようやく実り、それを喜んでくれたのではないだろうか。

「ヴァ、ヴァイオレットさま。私、もしかして今淑女合格でしたか……？」

つい期待してドキドキとしていると、処刑されるべき罪人を見るような目を向けられた。

即座に「すみません」と謝罪する。どうやら錯覚だったらしい。

「う……なんだかヴァイオレットさまが、少し嬉しそうな顔をした気がして……」

「お前は一体何を言っているの」

ヴァイオレットさまが、呆れたように眉をひそめる。

「この私がマナーのマの字も知らないお前のような芋娘と共にいて、嬉しいわけがないでしょう？」

「マ、マナーのマの字も知らない芋娘……」

容赦のない言葉に侘しい気持ちでいっぱいになっていると、「お前のようなものを芋娘と呼ぶのは、芋にも失礼ね」と追い討ちがかかる。

先ほどは褒めてくれたというのに、なんというキレの良い飴と鞭だろうか。心の中で涙を呑んでいると、ヴァイオレットさまが一瞬沈黙をし、いつもよりほんの少しだけ柔らかい口調で、話し始めた。

「お前がドレスを買う時は、私が見立ててあげるわ」

「え？」

驚いて顔を上げると、ヴァイオレットさまは「愚図ね」と眉を顰める。

「一度で聞き取りなさい。芋娘の貧相な体形に合うドレスを、この私が探してあげると言っているのよ」

「そ、それはありがたいお申し出ですが……」

ドレス。それもヴァイオレットさまが選ぶようなドレスともなると、値段が三百倍に跳ね上がりそうだ。

しかし陛下から報奨を強奪するなんてことはあり得ない。躊躇する私に、ヴァイオレットさまが

「安心なさい」と鼻で笑った。

「ヨハネスに頼まずとも、金額なんて気にする必要はないのよ」

「え？」

「好きなだけ買うといいわ。お前に、とびきり似合うドレスを」

ぽかんとヴァイオレットさまを見つめる。

するとヴァイオレットさまはとても綺麗な、とても悪い笑みを浮かべた。

「支払いはすべて、クロードに回すから」

「絶対だめです！」

安心できる要素がまるでなかった。

安定のヴァイオレットさま節に、いつかドレスを買う時に備えて貯金に励もうと、私は固く決意をしたのだった。

あとがき

この度は『目が覚めたら投獄された悪女だった』二巻をお手にとっていただき、誠にありがとうございます。作者の皐月めいです。

今巻ではソフィアとヴァイオレットの仲が、ほんの少し近づく巻となりました。

正反対のこの二人には、実は共通点があります。人生の早い時期に譲れない自分の軸、いわば心の背骨のようなものを、人生の早い時期にすでに手に入れています。

そして同時に背骨以外の持ち物が、極端に少ない二人でもあります。

そんな二人にお互いや周りの人との交流を通して、美しい背骨によく似合う健やかな体を得てほしいなあ、楽しいことや幸せなことで彩られた綺麗なドレスを身につけて欲しいなあ……と思いながら、このお話を書きました。

一巻開始時点では人生を諦めていたソフィアですが、薬師仲間や貧民街の人々との交流、クロードとのデート、ヴァイオレットによる教育でずいぶんとふっくらとしてきたのではないかと思います。

手強いのはヴァイオレットです。

この物語の一区切りがつく次巻まで、ぜひ見守っていただけたら嬉しいです……！

それでは最後に、お礼を。

今回も超美麗なイラストを描いていただきましたいもいち様、ありがとうございます。表紙の背中合わせで立つ二人がとても素敵で、拝見させていただいた時はとっても嬉しかったです！

口絵のカーターも素晴らしすぎて十度見しました。腹斜筋が最高すぎます、ありがとうございます。

コミカライズ担当の橘歩空様。いつもわくわくとする素敵な漫画をありがとうございます！

そんな神コミカライズ一巻は、なんとこの書籍二巻と同日発売になっています。超絶かわいい描き下ろし漫画、にやにやすること間違いなしです！　ぜひお手に取ってみてください。

またこの二巻を書いている間、担当編集様にとても助けていただきました。感謝してもしきれません。本当にありがとうございます。

それから家族へ。いつも支えてくれることに感謝しています。

とりわけ妹には、ありがとうとしか言えません。いつか必ず飲みましょう。

その他にも本作の制作に関わってくださった方々、そして何より読んでくださった皆様へ心からお礼を申し上げます。

それではまたお会いできることを願って。

二〇二三年十月　皐月めい

コミカライズ第二話　試し読み

目が覚めたら投獄された悪女だった

漫画：橘　歩空　原作：皐月めい　キャラクター原案：いもいち

第2話
『お前に名誉を与えてあげるわ。
その体を、傷ひとつ付けずに守りなさい』
……野良犬にでも入れ替わってしまったのかしら

人間の住む場所ではないわね
冬だというのに薄手の春物…しかも丈《たけ》が合っていない
どれほど着古せばこうなるのかしら
こんな環境で師もなく
たったひとりで薬をねぇ…

さすがは
アーバスノットの血
思ったとおりの
変態ね
合格だわ
──今頃…
ソフィア・オルコットは
どうしているのかしら
もとがこんな
暮らしでは
あの塔での
侘《わび》しい生活にも
不満は言わないで
しょうね

それに…
今頃あの男は
悩み 戸惑《とまど》い
警戒しているはず
あの石頭が
入れ替わりを
認めるはずがない
種《たね》を明かした時の
間抜けな顔が
今から楽しみだわ
何は
ともあれ…
まずは湯浴み
それから軽食
部屋も替えさせて
髪や肌に艶《つや》を出して…
ドレスは最低100着
ほしいわね
最低限の
身だしなみだけで
1日が終わって
しまいそう
ガチャッ
きゃっ

ソ ソフィア様…!?
どちらへ…？奥様が外出許可をくださったのですか…？
侍女か…
オルコット伯爵家
侍女 マリア
お食事をお持ちしたのですが…
…その生ゴミが私の食事？
……え？
ではお前に下げ渡すわ
この場で食べなさい

…まさか自分でも口にできないものを
この私に差し出したわけではないでしょう？

――ああ でも 今日は時間がないの 生ゴミの処理は あとでもかまわない
すぐに 湯浴みを したいのよ
手伝いは お前でいいわ 準備をなさい
カタカタカタ カタ…
返事は 「はい」以外 必要なくってよ
――は… はい………
かしこまり… ました………
…目の前の この人は……
だれ……?
…カッカッ カッ カッ

ちょっと!! これはいったい どういうこと!?
オルコット伯爵家義母
イザベラ
オルコット伯爵家次女
ジュリア
私たちが家を空けている間に何をしているの!?
誰が あの恥知らずに 湯浴みと軽食の許可を出したのよ!
そのドレスは私のよ! 勝手に着るな!
今すぐ 脱《ぬ》ぎなさいよ!!
…ああ これ お前のものだったのね
おまっ…

私のドレスがひとつもないのだもの
ヒクッ
こんな幼稚《ようち》なデザインはまったく好みじゃないけれど…
まともに着られそうな肌触りのものはこれくらいだったたからしかたなく着ているだけ
…不気味な薬ばかり作って
頭がおかしくなったの？
お前がこの家で好き勝手にする権利などないのよ
権利…
ねぇ

カッ
ソフィア《わたし》はオルコット家の恥知らず
コッ
後妻とその娘…使用人たちにも罵声を浴びせ
伯爵家の財産を揺るがすほどの浪費を繰り返して
カッ
コッ
毒殺なんかの本を読んでは怪しげな薬を作る……
カッツン…
お前たちが恥《は》ずかしげもなく広めている噂よね
喜びなさい
その噂を真実にしてあげる
な…何を言って…っ!?

ジョージ
お義母様とその娘を新しいお部屋にお通しして
…かしこまりましたソフィア様
スッ…
…は……!?
なぜこの娘の言うことを…!?
こちらへ
お前の主人が誰か忘れたの!? ジョージ!!!
『──神は言った
汝《なんじ》姦淫《かんいん》するなかれ 汝嘘《うそ》を吐《つ》くなかれ』
くだらない神の教えもたまには役に立つものね

私の目的のついでに
お前の生活を多少はマシにしてあげる
感謝することねソフィア・オルコット
おはようございます！
今日もお会いできて嬉しいです！

…君が会えて嬉しいのは
俺じゃなく食事だろう
本日の朝食
えっ？いえいえまさかそんな…
はぁ～…！
ハッ
いえ そうね！
ああなたの顔よりそのふわふわのパンを眺《なが》めるほうが楽しいわ！
バッ
『図星を突《つ》かれて慌《あわ》ててごまかそうとしたが悪女として振る舞わねばと思いつき 下手な演技をする純粋な少女の演技』はやめろ

ヴァイオレットさまになりきってみたんだけどな……
だめかぁ
投獄されて早1週間
あの手紙を見るかぎり…
やはりこの体はヴァイオレットさまのものなのだろう
そこで泣く泣く騎士さまに
体を入れ替えられたかも…
と報告をするも
…そうきたか
……とほぼ予想どおりの反応で……
ぐっ
正直…嬉しい…!!
この幸せな日々を1日でも長く味わっていたい…!
…驚いた
カッ

ひょいっ
本当に
君が言ったとおり
だなんてね…
クロード
疑っていたのか
多少の脚色は
あると思うでしょ
騎士さまが
もうひとり…
男性…よね？
お初に
お目にかかります
ヴィオレット様
王太子殿下直属の
第一騎士団副団長
ニール・ハーヴィー
と申します
はじめまして
ニールさま！
ご丁寧に
ありがとう
ございます

それでは さっそくですが…
今日は ヴァイオレット様と お食事をともにしたく 伺《うかが》ったのです
お近づきの しるしに いかがで しょうか？
………？ お嫌でした？
？
!!!
とととととんでも ありません！ ぜひ!!
12年ぶりの 誰かとの 食事…！

それではすぐに準備を致《いた》しますね！
はい？
ファサッ
カチャカチャ…
お待ちくださいそのような雑用は使用人を呼んで…
いいえ！
このお部屋は私専用…
いわば私は女主人ですから
お客様のおもてなしは私の役目です！
お花も飾《かざ》りま
それはいらない
食虫植物リップン
ヒッ…
……これは相当気味が悪いね
そうだろう

ヒソ
それと……
ヒソ
この大量の植物はどうしたの…？
ヒソ
……ほしいと頼まれたんだ
ヒソ
これだけじゃない鉄鍋《てつなべ》や秤《はかり》なんかもな……
何を企んでいるのかさっぱりわからない
彼女のことは知り尽くしてるとか言っといて…
そこまでは言っていない！
おふたりとも！準備が整いました！

――ああ

こんなに楽しいお食事は
本当にひさしぶり
食後のお茶は僕がご用意します
まぁ ありがとうございます…！
トポポポ…
…！

これはホーステールのお茶ですね
……よくお分かりに
僕の生家であるハーヴィー家の領地…ドノヴァンは
土地が痩《やせ》せていて作物が実《みの》りません
ホーステールはどこでも生えるので領民は皆《みな》気軽に飲んでいるんですよ
ではニールさまにとってこのお茶は懐《なつ》かしい味…でしょうか？
ええそうですね

……実は最近
その領地で
原因不明の
厄介な病《やまい》が
流行《はや》っていまして
食欲不振
激しい倦怠感《けんたい》
手足のしびれ
ひどい場合は
足下がおぼつかず
歩けない者も
出ています
しかも罹《かか》るのは
なぜか若い者
ばかりで
…………
領主である父は
悪い遊びでも
したのだろうと
気に留めないの
ですが…
ああ
すみません
突然このような
話を…
ストン
――……
その若者たちは
白いパンと
ホーステールのお茶を
頻繁《ひんぱん》に摂取して
いませんか？

……え？
この塔でも出される白いパンは
もともと食べていた黒く固いパンと違ってそればかりを摂取すると病気になりやすく…
ホーステールと相性が悪いようなのです
…病気に？
ここでの食事のようにさまざまな食材と合わせて食べれば問題ありません！
患者さまは以前の黒いパンを多く食べたり豚肉や雑穀を摂《と》れば
すぐによくなると…私は思います

お話を聞くかぎり
食生活が違う東の国でよくみられる病気かと思います
とはいえ
直接 症状を診《み》たわけではないので確実なことはわかりません
白いパンが平民に普及し始めたのは最近のことですし
年配の方よりも若者が多く食べているのではないでしょうか?
食養生に詳《くわ》しいお医者さまに診ていただくのがよろしいかと…
……なるほど
——仰《おっしゃ》るとおり医者を手配してみます
それからご提案の食生活も
…!
ぜひ!

ホーステールは
こうしてお茶として
いただけるのは
もちろん
血止めにもなり
骨折にも効き…
浮腫《むく》みもとれますし
乾燥させれば
咳《せき》止めに
煎《せん》じた汁は
皮膚炎《ひふえん》にも
効果があり
本当に
素晴らしい
草です！
…ですが
薬効と毒性は
表裏一体
ですから
……君に
薬師のような
知識があるとはな
!!!

……ああ そうか
君の家庭教師のひとりはたしか薬師の家系の出だったな
なるほど それで
驚きました 今のお話…
まるで薬師のようでしたよ
おほほ…
本当に薬師です……

――それでは ヴァイオレット様 僕たちはこれで 失礼します
ぜひ また3人で 食事を しましょう
…クロードの 許しが出れば
…………
!!
ぜひ…!
そういえば… 今日のスープを お気に召《め》したよう でしたね
本日のスープ
またお出しするよう シェフに伝えて おきましょうか?
えっ
いいんですか!?
もちろん! 他にも好物が あれば伝えます
ご遠慮《えんりょ》なく どうぞ
…………

で…では…
できれば…はちみつを
甘くて好きなんです
はちみつはとんでもなく高価だったはず！
でっでもスープだけで十分です！
……
好き嫌いはありませんので！

楽しいお食事の時間をありがとうございました
バタンッ
ガチャンッ
…戻るぞ
カツコツ
ああ
カツ
カツ
コツ
あれ別人でしょ
本人だ

「散り枯《か》れるだけの花を連想させるようなものはこの私に似合わない」
「甚《はなは》だ幻滅《げんめつ》だわ」
——だっけ？
風邪をひいた彼女への見舞いにヨハネス殿下がはちみつを渡した時
それを目の前で投げ捨てながら言ったセリフ
……ああ
彼女の〝化《ば》けの皮〟を剥《は》がすよう
殿下に命じられて今日は僕も出向いたわけだけど
……正直
カツッ
カツッ
カツッ
カツッ
別人にしか見えなかった

彼女 先日「体が入れ替わったかも」と言っていたんだろう？
信じてしまいそうだよ
カツ
カツ
『入れ替わり』の魔術が存在するか否《いな》か王宮魔術師の返答は
カツ
コツ
「有り得ない」
だ
まあ そうだよね…
大公からの返事はまだ？
ああ

国王の兄であり
稀代《きだい》の魔術師
かつてこの国を
救った英雄
この塔に
魔封じの術を
かけたその人
ヴァイオレットの
魔術の師であったが
…彼女のわがままに
耐《た》えかねて
破門したと聞く
彼ならば何か
わかるのではと
思ったのだがな…
……もし
入れ替わりが
可能ならさ
本物の
ヴァイオレット・
エルフォードは
どこに行ったんだろうね？

……わからないが
ろくなことにはならないだろうな

目が覚めたら投獄された悪女だった2

2023年10月2日　第1刷発行

著　者　皐月めい

発行者　本田武市

発行所　TOブックス
〒150-0002
東京都渋谷区渋谷三丁目1番1号　PMO渋谷Ⅱ　11階
TEL 0120-933-772（営業フリーダイヤル）
FAX 050-3156-0508

印刷・製本　中央精版印刷株式会社

ISBN978-4-86699-963-0